JN049223
転生した
新米宮女、
後宮のお悩み
解決します。
百花宮の
HYAKKAKYU NO OSOUJIGAKARI
お掃除係 2

「これはいい出来かも!」

百花宮のお掃除係

2

転生した新米宮女、後宮のお悩み解決します。

黒辺あゆみ
イラスト しのとうこ

HYAKKAKYU NO OSOUJIGAKARI

口絵・本文イラスト
しのとうこ

装丁
AFTERGLOW

目次《もくじ》

人物紹介

張雨妹　チャン・ユイメイ

看護師だった記憶をもつ元日本人。
生前は華流ドラマにハマっており、
せっかくならリアル後宮ライフを体験したい
という野次馬魂で後宮入り。
辺境の尼寺で育てられていた際に、
自分が現皇帝の娘であるという出生の
秘密を聞かされるが、眉唾と思っていた。
おやつに釣られやすい。

劉明賢　リュウ・メイシェン

崔国の太子殿下。雨妹に大事な
姫の命を救われた恩もあったが、
最近は個人的にも気になって
動向を観察している。
雨妹の好きそうなおやつを見繕うのが
楽しくなってきた。

王立彬　ワン・リビン

またの名を王立《リー》勇《ヨン》という。
明賢に仕える近衛兼宦官で、
近衛のときは立勇、宦官のときは立彬と
名乗って使い分けている。
周囲には双子ということにしている。
権力や地位に興味を示さず気ままに後宮
生活を楽しんでいる雨妹を気に入っている。

陳子良　チェン・ジリャン

後宮の医局付きの宦官医師。
医療の知識も豊富で、頼りになる存在。
雨妹の知識の多さに驚き、
ただの宮女ではないと知りつつも
お茶飲み友達として接してくれている。

鈴鈴　リンリン

明賢の妃嬪である江《ジャン》貴妃に
付いている宮女。
小動物のように可愛らしい。
田舎から出てきた宮女で雨妹よりも
先輩にあたるが、雨妹が手荒れを治す軟膏や
化粧水を作ってくれてからというもの、
後輩のように懐いてきてくれる。

路美娜　ル・メイナ

台所番を務める恰幅の良い宮女。
雨妹によくおやつを作って
持たせてくれる
神様のような存在。

楊玉玲　ヤン・ユリン

後宮の宮女たちをまとめる
きっちりした宮女。
雨妹の目と髪の色を見た瞬間に
雨妹の出自に気づき、以降、
それとなく気にしてくれている
面倒見のいい姉御。

序章　新人宮女は本日も通常通り

「今日のおやつは揚げ饅頭《まんじゅう》〜♪」

そんな歌を歌いながらとある建物の雑巾《ぞうきん》がけをしているのは、頭部をすっぽりと布で覆い、顔もまた覆面のように布を巻いているという、非常に怪しい姿をした宮女——雨妹《ユイメイ》である。

つい最近ここ崔《サイ》国の皇帝が住まう後宮、百花宮《ひゃっかきゅう》にやって来た新人下っ端宮女である雨妹が、何故《なぜ》にこのような怪しい風体をしているのか？　それを語るには長いようで、短くもあるのだが。

すなわちこの雨妹、実は、皇帝と今は亡き妃嬪《ひひん》の一人である張《チャン》美人との間に生まれた公主——らしい。

「らしい」というなんとも曖昧《あいまい》な言い方になってしまったのは、このあたりの話は物証がない上に、育ててくれた尼寺の尼たちの話が頼りという、心もとないものだからだ。

しかしながら外見的な証拠はあるらしく。それが雨妹の母譲りの青っぽい黒髪と、皇族にのみ現れるという青い目である。

その中でも青っぽい髪は遠目にも目立つので、要らぬ揉《も》め事《ごと》にならぬよう、こうして布を巻いて隠しているわけだ。

なにせ雨妹の身分は下っ端宮女であり、公主ではない。さらに言えば公主の名乗りを上げるつもりなんてさらさらないので、目立つことになんの利益もないのだ。

——私はあくまで外野から、後宮ウォッチングをするんだもんね！

こんな風に考える雨妹には、もう一つ事情というか、秘密がある。

それは前世である、日本人看護師としての記憶を持っていることだ。その前世で熱烈に嵌《はま》ってい
た華流ドラマの舞台を生で見たくて、ここまでやって来たのだから、筋金入りと言えよう。

そう、決して父である皇帝に一目会いたいなんて、これっぽっちも考えていなかったりするのだ。

そんなややこしい事情がある怪しい風体な雨妹に対して、通りかかる宮女や女官たちが様子を窺《うかが》
いつつもひそひそと言葉を交わしている。

「ねえ、なぁにあの変なの？」

「あなた知らないの？　最近なにかと噂《うわさ》の変人宮女よ」

「呪いを振りまくんでしたっけ？」

「おお嫌だ、怖い怖い！」

そんな会話をしながら、足早に去っていく彼女たち。

——ふん、いいんだもんね好きに言っていれば。

ひそひそしている割にばっちり雨妹まで声が聞こえているあたりが、いやらしいことだ。けれど
ここに住まう女たちなんて、大半があんなものだろう。なにしろ外から閉ざされた世界で、噂話や
醜聞を糧に生きているのだから。

そしてそれは雨妹とて例外ではない。自分だって清廉潔白な聖人ぶるつもりはなく、下世話な話

は大好物だ。掃除の最中にたまに通りかかる妃嬪や女官の会話を盗み聞きして、仕事終わりに仲良しの美娜《メイナ》に話して盛り上がるのが、また楽しいのだ。

しかしそんな雨妹の噂は、徐々に百花宮の奥にまで流れていくことになる。

果たしてそれが、閉ざされた場所に一体どんな風を巻き起こすことになるのか。誰の知るところでもなかった。

第一章　皇子と呪い

雨妹《ユイメイ》たち掃除係の宮女はある日、朝食前に宮女の監督者である楊《ヤン》に呼び出されていた。

「いいかい、もうじき『花の宴』が催される時期だよ。この時ばかりは宮の外から客人の訪問があるんだから、恥ずかしくないように今まで以上に掃除に気合を入れな！」

この楊の飛ばした檄《げき》に、宮女たちのほとんどが歓声を上げて喜んでいる。

静かなのは、雨妹のような新人だけだ。

――『花の宴』ってなに？

しかしこの疑問をぶつける前に解散となったため、雨妹は首を捻《ひね》りながら朝食を貰《もら》いに食堂へ向かう。

すると今日は非番らしい美娜《メイナ》に出くわしたので、雨妹は一緒に朝食を食べながら早速尋ねる。

「花の宴ねぇ、もうそんな時期かい。はぁ～」

美娜は掃除係の宮女たちと違って、憂鬱《ゆううつ》そうにため息を漏らす。

――あれ、美娜さんには嫌なイベントなの？

ますます謎に思う雨妹に、美娜が説明してくれた話によると。

「花の宴ってのはね、お偉方が花を愛《め》でながら宴《うたげ》を開くのさ」

これだけ聞けばいわゆる花見のようだが、この日ばかりは他の宴と違う特別なことがあるという。なんでも成人して後宮を去った皇帝の子供たちが、母と過ごすために後宮に入ることを許される日でもあるようなのだ。

そもそも、崔《サイ》の国ではもうじき清明節という、春の訪れを祝いつつ先祖に加護を祈るという行事がある。前世の日本で言うところのお彼岸のようなものであり、人々は皆墓に参って先祖と語らうのだ。

雨妹も辺境にいた頃、必ず参って母の墓の掃除をしたものだ。

——あ、でも今年は墓掃除ができないや。

きっと尼たちがやってくれるのだろうが、なんだか申し訳ない。

それはともかくとして。

その清明節の初日に、ここではいつもその「花の宴」というものをやるのだという。そうして皇帝の子供たちが後宮へ入る機会を設けて、先祖へ祈る場を与えるということだろうか。

「なもんで、なんとかイイ男に見初められたい女にとっちゃあ、絶好の機会ってわけ。んで、アタシら台所番にとっちゃあ、あちらこちらに並ぶ卓を埋める料理を作り続けなきゃいけないっていう、地獄の始まりさね」

「うわぁ、大変ですね……」

後宮を挙げての催しであるなら、並べられる料理の品数も半端ではないのだろう。当日に熱々で食べる料理もあるだろうが、作り置きできる料理は早いうちから取り掛かるのに違いない。台所番の美娜が憂鬱になるのもわかる気がする。

そして朝食前に雨妹たちが告げられたのも、そのための準備というわけだ。

後宮中を磨き上げると言っても、その規模は街一つ程もあるわけで。前世での学校内一斉清掃なんかとはわけが違う。そしてこの準備のためにどこからか人手が増員されるはずもなく、今いる宮女たちが猛烈に頑張るしかない。

さらに言えば、例えば雨妹の一応先輩宮女になる梅《メイ》のようなサボり魔が、楊から檄を飛ばされた程度で真面目に仕事に取り組むとは思えない。むしろ花の宴に浮ついて、ますます仕事どころではなくなる気がする。

——梅さんだったら、皇帝陛下も太子殿下も無理なら外の皇子でもいいか。くらい考えてそうだよね。

これは大変になるぞと思う一方で、雨妹自身の心も浮ついていたりする。

だって花の宴だなんて、いかにも後宮っぽいではないか。普段とは違うことをするとなると、後宮ウォッチャーの血が騒ぐというもの。

「ようし、頑張るぞぉ！」

「なんか知らないけど、やる気だねぇ。ならホラ、この饅頭を持っていきな」

美娜は雨妹のやる気を掃除のことだと思ったらしく、おやつに饅頭を分けてくれた。

「ありがとうございます美娜さん！」

饅頭を手にした雨妹は、満面の笑みだ。美娜が自分用に作ったものなのか、いつもの白い饅頭ではなくて甘藷《かんしょ》、すなわちさつまいもが練り込まれているようで、独特の甘い香りがする。

――やったぁ、甘藷大好き！

日本でも、焼き芋を夏でも買って食べていたくらいに好物で。今からこれを食べる時のことを考えると、よだれが出そうだ。

そんな雨妹の様子を見た美娜が、少々微妙そうな顔になる。

「阿妹《アメイ》、アンタ最近垢抜《あかぬ》けてきていると思ってたのに、そういうところは変わらないねぇ」

「やだなぁ、人間そんなすぐにガラッと変わったりしませんって」

雨妹が最近垢抜けて見えるのならば、それはたぶんつい先日部屋にやって来た棚のおかげだろう。その棚には鏡が付いているので、身だしなみに気を付けるようになったのだ。

人は自身の姿が見えないままだと、他人からどう見えているのか気にしなくなるものなのだ。この鏡付きの棚をくれた太子の妃嬪、江貴妃《ジャン》に感謝である。

「まあ、そういう顔も愛嬌《あいきょう》があっていいと思うけどね……男に受けるかはともかくとして」

「いいんですぅ、男受けなんかしなくっても！」

雨妹はここで婚活をしたいのではない、後宮ウォッチングをしたいのだ。

そんなやり取りをしてから、雨妹は本日の掃除場所にやって来た。

どうやら大きな建物からやっつけていく手はずのようで、普段は一人で仕事をする雨妹だが、今日は数人が一緒だ。

その建物内の回廊が割り振られていた。けれど回廊と言ってても後宮のそれはとても長く、複数人で分担しても掃除区域は広い。

「これ、一人がサボったら穴埋めが大変だな」

梅のようなサボリ癖のある人と一緒だと、大変な思いをするのは目に見えている。とりあえず雨妹の隣を担当する宮女は真面目に掃除しているようなので、そこはホッとしているが。

そんなわけで掃除を続け、自分の担当区域を終えたら、時間はちょうど昼時となっていた。

――よし、休憩！

掃除道具を片付けた雨妹は、休憩場所を探してキョロキョロすると、回廊から見え辛《づら》い場所に手ごろな石を見つけた。早速そこまで行き石に腰掛け、掃除用のマスク布を外して水筒代わりの竹筒から水をグビッと飲む。

「ふっふっふ」

そしてニマニマしながら懐から出した包みの中は、美娜から貰った甘薯饅頭《まんじゅう》だ。

「いっただっきまーす！」

早速食べようと、雨妹が饅頭にかぶりつこうとした時。

ガサガサッ。

後ろの方で茂みが揺れる音がした。

――動物かな？

これだけ広い敷地だ。どんなに管理していても野良犬や野良猫、時には猿などが入り込むことがある。雨妹はそれらに饅頭を奪われてはかなわないと、饅頭を手早く包みに戻して懐に仕舞う。

じっと茂みにいる何者かが去るのを待っていると、去るどころかこちらへやって来る。

そしてやがて現れたのは、茂みから頭だけ出した一人の幼い男の子だ。年の頃は五、六歳くらいだろうか。

「……あ」

あちらも雨妹がいると思わなかったのか、大きな目を瞬かせた。その子は手入れのされた黒髪に、青い目をしている。

後宮で暮らす子供は、皇帝か太子の子しかいない。そして太子はまだ子がいないはず。ということは、この子は皇帝の皇子の一人だろう。

――それにしたって、これは……。

雨妹はちょっとした違和感を覚えたものの、座っていた石から立ち上がって丁寧に頭を下げた。

「驚かせて申し訳ありません、ここで休憩するところだったのです」

「……」

雨妹の態度に、皇子が無言ながら茂みの中から出て来た。どこを通って来たのか全身葉っぱまみれであるものの、服装は豪奢《ごうしゃ》なものを身につけている。

「あの、葉っぱをたくさんつけてますよ。とりましょうか?」

雨妹が葉っぱをとろうと手を伸ばすと、皇子はビクリと身体《からだ》を震わせた。

「……?」

また違和感を覚えたものの、そのまま気付かないフリをして葉っぱをとる。

「ほら、綺麗《きれい》になりましたよ」

「……ありがとう」

雨妹がニコリと笑うと、皇子が小さく礼を言った。

それにしても皇子殿下なのだから、堂々と回廊を歩けばいいのに。何故《なぜ》茂みを突っ切って、こんな隠れた場所に出ようとしていたのか。首を捻《ひね》る雨妹は、先程覚えた違和感について考える。

――この子、痩《や》せてない？

この年頃の子供というのは、誰もがふっくらしているもの。しかしこの皇子は、ガリガリに痩せて顔色も悪い。これは一体どうしたことか。

そんな疑問を抱いた雨妹が、皇子と無言で見つめ合っていると。

「なにをしている？」

回廊の方から男の声がした。視線をやると、こちらを眺めているすっかり見慣れた宦官《かんがん》の姿がある。

「あ、立彬《リビン》様」

「お前は、休憩するならもっと……」

立彬は雨妹の休憩場所に文句を言おうというのか、こちらに歩み寄る。けれど近付くと皇子の姿が視界に入ったらしく、一瞬目を見張った後。

「……ちょっと来い」

立彬が雨妹を手招きした。

「一体なんですか？」

雨妹は竹筒を石の上に置いて、立彬の方へ近寄る。すると、頭をグイッと引き寄せられた。

「あだっ！」

「妙ないざこざに巻き込まれてはおるまいな？」

そう小声で言いながら視線で示すのは、あの皇子だ。

「たまたま遭遇しただけですけど、あれって皇子殿下でしょう？」

雨妹の主張に、立彬が深く息を吐く。

「そう、皇太后派の昭儀《しょうぎ》、胡《フー》様の皇子殿下だ」

説明を聞いた雨妹はしばし考える。

後宮の妃嬪たちには位があり、現在の百花宮の最上位は皇太后、その次が皇后。そして貴妃・淑妃・徳妃・賢妃の四夫人と、昭儀・昭容《しょうよう》・昭媛《しょうえん》・修儀《しゅうぎ》・修容《しゅうよう》・修媛《しゅうえん》・充儀《じゅうぎ》・充容《じゅうよう》・充媛《じゅうえん》という九嬪が続く。

この中で昭儀とは四夫人に次ぐ九嬪の位で、最も上位である。

その胡昭儀の名は初耳だが、皇太后とはあのインフルエンザ騒動を悪化させた張本人ではなかったか。ついでに言えば尼の噂《うわさ》話だと、雨妹の母を後宮から追い出した人でもあるらしい。

当時に妃嬪同士で揉《も》めたとしても、彼女らに後宮追放なんてことができるはずがない。決定したのは最上位であり実質的支配者である、皇太后以外にあり得ないのだ。

雨妹としては微妙な気持ちを抱く相手ではあるが、最大派閥の主であることに変わりない。その派閥の皇子なら、好待遇を受けているものではなかろうか。

——なのにこの痩せようって、おかしいよね？

恵まれているはずの子供が、痩せている原因とはなんだろうか？　雨妹が思考を巡らせていると。

「……殿下、友仁《ユレン》殿下！」

回廊の向こうから、甲高い女の声がした。

「……あ」

その声が聞こえた途端に、皇子がオロオロとした態度で慌て始める。

「友仁殿下」というのは、恐らく彼のことなのだろう。もしや妙な場所を通って来たのは、あの声から逃げて来たせいか。

——なんか、可哀想《かわいそう》なくらいにオドオドしてるんだけど。

雨妹は気持ちとしては放っておけず、どこかに隠してあげたくなる。けれど、皇子が一体どういう理由で逃げたのかわからないため、迂闊《うかつ》なことはできない。

「これ、どうすればいいんですか？」

「どうもしない。全く、面倒にならなければいいが」

雨妹が尋ねると、立彬は眉間《みけん》に皺《しわ》を寄せる。あまり関わり合いになりたくない、という本心が透けて見えた。

——まあ、無理ないか。

宮女の噂話によると、太子は皇太后と仲が良くない。というより、険悪らしい。皇太后の姪《めい》の子ではない太子は、可愛いどころかいつか自分を追い出す敵のはずなので、それはそうだろうと思う。そんな皇太后派の皇子が逃げ隠れしている場所に、太子の宦官が居合わせれば、いらぬ疑いをかけられるかもしれない。

その太子付きの宦官と一緒にいる雨妹も、同様にいらぬ疑いを向けられる可能性があるわけで。

「えーと、じゃあ私は……」

雨妹はどうしようかと一瞬考え、立彬の陰に隠れるように移動する。隠れる壁代わりにされた立彬は、嫌そうな顔をしていたが。

「殿下、そんなところに！」

そんな中を早歩きでやって来たのは、派手な見た目の女官だった。上等な服を着て、宝飾品で煌《きら》びやかに飾っているところを見ると、位が高いか実家が裕福か、あるいは両方なのだろう。

そして皇子を見つけたならば、当然雨妹たちの姿も視界に入るわけで。

「お前は……」

その女官は立彬を睨《にら》みつける。太子付きの宦官をお前呼ばわりとは、よほど気位が高いらしい。

その視界に入らないように、雨妹は立彬の背後にぴったりと隠れる。

——私は影、私は空気！

心の中でそう唱える雨妹を余所《よそ》に、彼女は立彬に関わっている間も惜しいとばかりに前を通り過ぎ、ズカズカと皇子に詰め寄る。

「友仁殿下、逃げ出すとは何事ですか！」

威圧的に怒鳴られ、皇子が小さく震える。

「……だって」

「このままではどうなるか、わかっていますよね？」

皇子がなにかを言おうとしたのに、彼女が被《かぶ》せるように尋ねる。

「……」

なにも言えなくなった皇子の腕を、彼女は無造作に掴《つか》む。その勢いに皇子がよろめくが、気にした様子は見られず。

「行きますよ！」

そう告げて皇子の腕を掴んだまま大股《おおまた》に歩くため、引っ張られる方は小走りになって必死についていくしかない。

するとその彼女は立彬の傍《そば》で立ち止まり、もう一度睨んできた。

「余計なことを言うと、どうなるかわかっているでしょうね？」

「……」

釘《くぎ》を刺す彼女に、しかし立彬は無言で会釈するのみだ。この態度に忌々しそうな顔をすると、皇子を引きずってズカズカと歩き去って行く。

そして、姿が完全に見えなくなった後。

「行ったぞ」

立彬が背後の雨妹に声をかけた。

「ぷはぁ〜」

懸命に空気に徹していた雨妹は、大きく深呼吸する。文句は立彬だけに言っていたので、どうやら隠れることに成功したらしい。この男が体格のいい宦官で助かった。

「なんか、色々な意味で凄《すご》そうな人でしたね」

あの女官について述べる雨妹の横で、立彬は眉間を指でグリグリと揉んでいる。

「あの女のせいで聞きそびれていたが、どうして皇子と一緒にいた？」

「だから、たまたま遭遇したんですよ。掃除が終わってあそこの石に座っておやつを食べようとしていたら、茂みから皇子がヒョッコリ出て来たんです」

雨妹の説明に、立彬は頭痛を堪《こら》えるような仕草をする。

「今度は皇子に遭遇するとは、実は面倒が好きなのか？」

そんなことを言われても、雨妹だって困るのだが。

「人聞きが悪いですね。偶然ですよ、偶然」

おやつを食べようとしていたら茂みから皇子が出て来るなんて、誰が想像できただろう。これは不可抗力だ。

「でもなんかあれって、どっちが偉いのかわからないんですけど」

あの女官の態度は、どう見ても皇子のお世話をする人のものではない。顔をしかめる雨妹に、立彬が小さく息を吐く。

「仕方ない、あれは胡昭儀の実家からついてきた女官だからな」

実は女官というのは宮女から出世する以外にも、妃嬪が実家から連れて来る世話係が女官として入る場合があるのだが。

江貴妃の時といい、実家から派遣された女官というのはああいう人が多いのだろうか。

——まああの手の人材は、もしもの時の代わりって話も聞くし。

万が一妃嬪が死んでしまった場合、後釜《あとがま》を他家に奪われるのを避けるために、すぐに代われる代理を女官として従わせるそうだ。前世のドラマでもその手のドロドロしたシーンを見たことがあるので、あの女官もそうやって送り込まれた女なのかもしれない。

「しかし逃げ出すだなんだって、話が不穏ですね」

雨妹は王子が出て来た茂みに視線を向けた。皇子が本当に逃げて来たのだとしたら、あんな場所から現れたのも頷《うなず》ける。

あの女官の連れて行き方も強引で、まるで「絶対に逃がさない」と言わんばかり。痩せていることといい、なにか事情があるのは間違いないだろう。

皇子の身の上を想像して思案する雨妹に、立彬が告げる。

「おい、あまり深入りするな。友仁殿下は、立場があまり良くない」

「というと？」

詳しい話を聞きたがる雨妹に、立彬は「これも知らないのか」と呟《つぶや》きため息を吐《つ》いた。

「友仁殿下は皇太后陛下に、『呪い憑《つ》き』とされてしまったせいで、危うい状況なのだ」

またまた『呪い憑き』ときた。

──呪いが好きだな、皇太后！

もしかして理解ができない現象は、全て呪いで片付ける類の人なのかもしれない。それでは思考停止しているも同然で、上に立つ人間としてはどうなのだろう。

「っていうか、呪いってなんのですか？　急に笑い出すとか踊り出すとか？」

雨妹が思いつく呪いの症状を挙げてみると、立彬が嫌そうな顔をした。

「……それはそれで不気味だが、全く違う。友仁殿下は食事の席で、奇妙な行動をとることが多くてな」

その様子を目撃した皇太后が、「呪い憑きだ」と断定してしまったのだという。

「食事の席で、ねぇ……」

雨妹は「うーん」と唸《うな》る。子供・食事・痩《や》せているとくれば、思い当たることがあるのだが。

「あの皇子殿下が食事をして具体的にどんな行動をするのか、詳しく知りたいんですけど」

この言葉に、立彬が軽く眉《まゆ》を上げた。

「どういうことだ。なにを知っている？」

当然の疑問だろうが、情報がない今の時点ではなにも言えない。

「知っているものなのかを、確かめたいんです」

真《ま》っ直《す》ぐ見上げる雨妹に、立彬が「ふむ」と思案する。

「明賢《メイシエン》様ならば、皇太后陛下が糾弾した場にも同席していたはずだが」

つまり、太子に話を聞くかと提案されているわけだ。今なら太子宮にいるはずだという。

「……そこって、おやつを食べても怒られません？」

雨妹は、懐にある甘薯饅頭《かんしよまんじゆう》の包みを気にした。ダメならここで食べてから行きたいのだが。

「お前は……。まあ、茶ぐらいは出してもらえるか」

呆《あき》れた様子の立彬だが、それはつまりおやつの持ち込みを了承するということだろうか。さらにお茶までくれるとは、なんて素敵な場所なのだ。雨妹は俄然《がぜん》行く気になってきた。

「よぅし、さあ話を聞きに行きましょう！」

というわけで雨妹は太子宮へ向かう。


太子宮では綺麗《きれい》な格好をした女たちが、大勢行き交っていた。その回廊を下級宮女が太子付きの宦官《かんがん》に連れられて歩けば、目立つのは当たり前で。

「なに、あの娘《こ》」

「立彬様に連れられているけど」

あちらこちらから不躾《ぶしつけ》にジロジロ見られてヒソヒソと噂される中、雨妹はそんな視線をものともせず、周囲の観察に忙しい。

——鈴鈴《リンリン》はいないな。

太子宮なら、運がよければ顔くらい見られるかと思ったのだが。

知り合いがいないとなれば、次に興味が向かうのは建物である。

「へー、あんまり派手派手しくないですね」

雨妹はキョロキョロとしながら、ポツリと零《こぼ》す。

案外落ち着いた、悪く言えば地味な内装は意外な気がする。建物自体に施されている彫刻などの装飾はともかく、高そうな壺《つぼ》とか置物があまり見られないためだろう。

「そういう装飾は、殿下があまり好まれないからな」

「そうなんですねぇ」

――余計な置物がないと、掃除をする方としては助かるな。

そんなことを思いながら歩いていくと、やがてとある部屋へと辿《たど》りつく。

「ただいま戻りました」

扉の前で立彬が呼びかけると、中から「どうぞ」と太子の声がする。

扉が開かれると、正面の机で書き物をしている太子の姿があった。室内は年配の女官が一人付いているだけで、他には誰もいない。

「お帰り……おや、雨妹じゃないか」

笑顔で迎えた太子がこちらを見て目を丸くするので、雨妹は頭を下げる。

「顔を上げなよ。雨妹がここに来るとは珍しいね、なにかあったのかい?」

「はい、実は……」

筆を置いた太子が雨妹に声をかけてそう問いかけるのに、代わりに立彬が説明してくれた。

今までのことをざっと語られたのを聞いた太子は、納得顔で頷く。

「なるほど、友仁に会ったのか。しかもあまり良くない場面に出くわしたようだね」

——あれ、皇子の脱走の件には驚かないんだ。

雨妹の方が逆に驚いてしまっていると、太子が話しかけてきた。

「雨妹、話の前にお茶でも飲もうか。ちょうど休憩したかったところだ。秀玲《シオウリン》、頼むよ」

「では、すぐに準備をします」

この言葉に女官、秀玲がすぐにお茶の手配をしようとするのに、雨妹は少々遠慮がちに尋ねる。

「あの、お饅頭食べてもいいですか？」

懐から甘薯饅頭の包みを出した雨妹に、秀玲がニコリと笑う。

「では、温め直しましょうか？　ちょうど湯を沸かすために火が入っていますから」

さらにはそんな嬉《うれ》しい提案をしてくれた。下っ端宮女に対して、なんとも優しい人である。あの皇子を連れて行った女官とえらい違いだ。

「はい、お願いします！」

というわけでホカホカになった甘薯饅頭と、花の香りのする高そうなお茶でおやつとなった。

——うーん、美味《おい》しい！

雨妹は甘薯饅頭に齧《かじ》り付きながら、幸せを噛《か》みしめる。電子レンジなんてない世界では、温かいおやつは最高の贅沢《ぜいたく》だろう。

その様子を微笑《ほほえ》みながら眺める太子も、お茶を飲み葉っぱの形をした綺麗な焼き菓子をつまみながら、しばし休憩である。立彬は休憩には加わらずに待機の姿勢だ。

この場では、どうやら雨妹が客の立場であるらしい。一番下っ端の宮女なのに、変な感じである。

雨妹が甘藷饅頭を食べ終えてひと心地ついたところで、太子が切り出した。

「さて雨妹、友仁のことだったね」

「あ、はい」

まったりとした気分だった雨妹は、慌てて頷く。

――危ない、おやつが幸せ過ぎて目的を忘れそうになってた！

そんなこちらの心境が透けて見えたのだろうか、立彬がジトリと見ているのがわかるが、すまし顔で誤魔化す。

そんな静かな攻防を見ないふりをしてくれる出来た太子は、友仁皇子について語ってくれた。

「私が最初にその光景を見たのは、父上主催の宴の席だった」

母である胡昭儀に連れられた幼い友仁皇子は、父に挨拶《あいさつ》をした後、女官に連れられ席について、食事を始めたという。

「けれど食事を始めてすぐに、異常に苦しみ出してね」

皆と同じ食事を口にしたはずなのに、一人だけもがき苦しむ友仁皇子に、会場は騒然としたらしい。

当然毒を疑われたが、毒見役はなんともないし、同じ料理を食べた他の者も同様。調べても毒は検出されず、その時はたまたま体調が悪かったのだろう、という結論で終わったそうだ。

「しかし、同様のことが集まりのたびに続いてね」

それが繰り返されると悪い印象がついてしまう。とうとう我慢できなくなった皇太后が、「その子は呪い憑きゆえ、我の前に出すな！」と叫んだのだという。

――なるほど、瘦せているのは摂食障害か。

食事をした際に辛い思いをした人が、食事という行為自体を忌避するようになる症状だ。皇子という食事に恵まれているはずの身分で、見た目にわかるくらいに瘦せている理由としては納得できる。

ともかく、友仁皇子が問題を起こした状況はわかった。

「宴の食事の内容って、陛下の好みに合わせるんですか？」

雨妹の質問に、太子は首を横に振る。

「いや、父上はなんでも召し上がるし、そのあたりに無頓着《むとんちゃく》だ。だからたいてい、皇太后陛下の好みの食事になることが多いな」

雨妹は「なるほど」と呟く。

「皇太后陛下は、お食事はさぞかし豪勢なものを召し上がられるのでしょうね」

「まあ、贅沢好きなのは間違いないね。いつも高級食材をふんだんに使わせるから」

雨妹の言葉に、太子は肩を竦《すく》める。

後宮という場所はとにかく大金が一瞬にして消えてなくなる場所だ。その筆頭である皇太后が贅沢好きならば、その取り巻きも真似《まね》をすることだろう。太子は財政問題で頭を痛めているのかもしれない。

「もう一つ聞きたいんですが、友仁皇子殿下は饅頭なんか召し上がるんですかね？」

宴のことから急に話が飛んだので、一瞬きょとんとした太子だったが、ちゃんと答えてくれる。

「食べるんじゃないかな？　饅頭は好きだったはずだ」

「ふんふん」

——やっぱりそうか。

納得顔の雨妹に、太子は目を瞬かせる。

「雨妹、もしや『呪い』の正体がわかったのかい？」

太子の問いかけに、雨妹はハッキリと頷いてみせた。

「はい、恐らくは」

「本当か⁉」

「まあ……」

立彬や秀玲までも驚く中、雨妹は告げる。

「今聞いたお話で浮かぶ原因は一つ。食物アレルギー、過敏症ですね」

この言葉に、一同が沈黙する。

「……あれるぎ？　過敏症？」

太子は聞き慣れない言葉なのか、立彬や秀玲を見るも、二人も首を横に振るばかり。

「なんだいそれは」

太子に尋ねられた雨妹は説明する。

「特定の食べ物に対して、身体が過敏に反応してしまう症状がありまして。友仁殿下はたぶんそれですね」

前世ではよく知られている症状で、子供が食べてはいけない食材の入った給食を誤って口に入れて救急搬送、という事例によく立ち会ったものだ。

「何故、そんなことになるんだい？」

「身体には、害になるものを排除する働きがあります。そのおかげで健康が保たれているんですが、たまに害ではないものを排除しようとしてしまう体質の人がいるのです」

「害ではないものの排除とは。そんな体質があるのか」

「原因となる食材は多種多様です。ですからあらゆる食べ物が過敏症を引き起こす可能性を秘めていると考えてください」

太子と雨妹のやり取りを、立彬も秀玲も目を丸くして聞いている。本当に初めて聞く話らしい。

太子は雨妹の話に「うーん」と唸る。

「……なるほど。体質ならば友仁だけに症状が出るから、違う体質の者が毒見しても意味がないということか」

「そういうことです。症状が軽ければ肌が痒《かゆ》い程度で済むのですが、重症ならば命に係《かか》わります」

「命に係わる」という言葉に、太子はさっと真剣な顔になる。

「友仁は、死んでいてもおかしくなかったと？」

「場合によっては。友仁皇子殿下は食事の際に肌が赤くなって痒がったり、咳《せき》が出て苦しそうだったりしませんでしたか?」

雨妹の質問に、太子が「ああ」と声を漏らす。

「血を吐くかと思うくらいに咳をして、息苦しそうだったな」

「まさにそれが過敏症の症状です、しかも重症の類の」

友仁皇子はきっと、死ぬかもしれない程に苦しかっただろうに。雨妹は、その苦しむ様子を想像して顔をしかめる。重症ならばすぐに対処するべきなのに、「呪い憑き」呼ばわりして叱責するなんて。皇太后は弱者に優しくできない心根の持ち主なのか。

それにしても皇帝も出席する宴の場に、侍医が控えていないはずがない。医者のくせに、患者への「呪い」なんて言葉を受け入れるとは、なにをしているのか。

――もう一度勉強して出直してこい! って怒鳴ってやりたい!

雨妹は腹の底から怒りが湧いてくる。

ムカムカしている雨妹を余所に、立彬が難しい顔をする。

「しかし食事が原因とわかったと言っても、宴のこと。様々な料理が並んでいるのですよ。その中からどの食材が原因なのかを探すのは困難でしょう。かといって、胡昭儀の屋敷で出される食事を探るのも、妙な疑いを持たれかねない」

確かに、血液検査で調べる手段がないこの国で、それらを全て調べるのは骨が折れる作業であろう。

「そうだね、原因追究は難しいかもしれない」

渋い顔をする太子と立彬に、しかし雨妹はあっさりと告げる。

「そんなことをする必要はありません」

この言い方が少々薄情に聞こえたようだ。立彬がじろりと睨《にら》んでくる。

「何故だ、友仁殿下はこのままでは死んでしまうのだろう？　このまま放っておく気なのか？」

先程あの気位が高そうな女官がいた場では面倒そうな態度だった立彬も、子供を死に追いやることはしたくないようだ。こうしてきつい口調で言ってくる立彬を、雨妹は負けじと見上げる。

「もちろん、お助けしたいですとも。そうではなくて、どの食材が過敏症になりやすいか、予想がつきますから」

この言葉に、太子たちは目を丸くする。

「雨妹は、なにが原因だと考えているんだい？」

尋ねる太子に、雨妹は自分の推論を語る。

「今のところ卵と牛乳が最も怪しいですね。この手の症状の原因は、卵・牛乳・小麦が代表的なのです」

しかし友仁皇子が饅頭《まんじゅう》を好むならば、小麦は大丈夫だということ。他の食物を疑うのは、この二つを調べた後でした方が効率的だ。

告げられた食材に、静かに話を聞いていた秀玲がぽつりと漏らす。

「卵と牛乳なんて、随分と贅沢な病気ですのね」

彼女の感想に、雨妹も頷《うなず》く。

「小麦などは庶民の噂になっているかもしれないですけど、高級品である卵と牛乳が庶民の口に入ることは稀《まれ》です。食べる人が圧倒的に少ないからこそ、これまで認知されていなかったんでしょうね。そして贅沢好きな皇太后ならば、卵と牛乳をきっと献立に取り入れているはずです」

この雨妹の意見に、太子も納得顔で告げる。

「確かに、皇太后は卵と牛乳の料理を好むな。それに友仁は、饅頭は好きなのに糕《カオ》は食べない」

「糕《カオ》には卵が使われていますから。過敏症の人は、自然と原因のものを忌避するものです」

太子の言葉に、雨妹は己の推論が正しいことを知る。

——ということは、卵は決定か。

卵が使われる糕《カオ》は、下っ端宮女の雨妹にとって特別な高級おやつだ。王《ワン》美人のところのおやつで出たら幸運であり、たまに美娜が作っている糕《カオ》は、余った卵が悪くなって捨ててしまう羽目になる前に、回されて来た際に作るものだったりする。

皇子という身分ゆえに糕《カオ》を日常的に供されるのだろうが、それが害になるとは皮肉な話だ。だがあくまで体質なのだから、適切な治療をして原因を取り除けば、ちゃんと健康に暮らせる。

——なのに、あんなに痩《や》せるくらいに子供を追いつめるなんて。

雨妹は怒りに火がついた目で、皇太后の宮のある方向を睨む。

そんな雨妹を、太子が興味深そうに見ていることに気付くことはなく。それからどうやって友仁皇子を助けるかを相談するのだった。

＊＊＊

話を終えた雨妹が去った部屋で、明賢は秀玲が淹《い》れたお茶で喉《のど》を潤していた。

立彬こと立勇《リーヨン》は雨妹を送らせていて、この場にいない。

「まったく、あの娘には会うたびに驚かされる。小さな嵐のようだな」

明賢は椅子の背もたれに身体を預け、大きく息を吐く。

「いいではありませんか、元気がよくて」

そう言って明賢にお茶を淹れ直しながら、クスクスと笑う秀玲は明賢の乳母だった人で、現在お付きの女官となってくれた有り難い人だ。

そして実は、立勇の母親でもあった。

彼女の夫は皇帝の近衛《このえ》であり、宮城の敷地内に一家の住まいがある。女官といっても後宮の妃嬪付きではなく、太子と共に政務が行われる城への立ち入りが許されている位だ。そのため自宅に帰ることもできるのだが、ほとんど明賢に付き添って後宮にいてくれる。

何故そうまでしてくれるのかというと、秀玲は明賢の母の従妹《いとこ》であり、母が後宮入りするまでは非常に仲睦《なかむつ》まじい間柄であったそうだ。それゆえ、既に女官として宮城で働いていた秀玲が、自ら乳母になると申し出てくれたのだ。

けれど明賢の母親は皇太后からの様々な嫌がらせのせいで心を病んでしまい、現在自身の宮に閉じこもって生活していた。

そんな中で、秀玲は母としての温《ぬく》もりを代わりに与えてくれた人だ。なので明賢は昔から彼女には頭が上がらなかったりする。

「秀玲、雨妹をどう思った？」

明賢の質問に、秀玲はしばし考えるようにして答える。

「なかなか利発そうなお嬢さんでしたね。まだ来たばかりだということなのに、ずいぶんとここに馴染《なじ》んでいるようで」

「そうなんだよ。立勇が言うには、あの娘はいつも楽しそうにしているとか」

雨妹は敵視されている先輩宮女に日々嫌がらせを受けているという話なのに、その影響を全く感じられない。むしろおやつを貰《もら》える人と仲良くなって、饅頭を幸せそうに頬張っている姿は、後宮での生活を満喫しているように見えた。

「実に図太い性格をしているようだね」

明賢がしみじみと言うと、秀玲が淹れたお茶を差し出しながら告げる。

「張《チャン》美人の面影はありますが、彼女よりも気性が激しいように見受けられます」

「……本当に、そうだね」

雨妹の母である張美人は、後宮で生きていくには優しく、気弱過ぎた。雨妹にはそんな母の気性が受け継がれず、むしろ弱き者を目にすると突撃しかねない激しさが垣間《かいま》見える。父もかつては「勇猛にして英明なる皇帝」と言われた人だが、そちらに似てしまったのだろうか？

あのような娘が公主として存在できていたならば、きっと明賢にとって大きな手助けとなっただろうに。

——まったくもって、掃除係にしておくのはもったいないな。

明賢はあの才能を惜しみながら、しかし違うことも思う。

もし雨妹が公主であったならば、後宮で宮女となることはなく。故に彼女に命を救われた玉秀《ユウシオウ》は、助からなかった可能性が高い。それを考えると、雨妹が宮女であってよかったとも言える。

そしてあの時玉秀を助けたように、きっと友仁も助けるのだろう。そんな雨妹を皇太后の手から守るのが、明賢の役目だ。

「今度こそ、私はあの娘を守るよ」

明賢がそう決意を語ると、秀玲は深々と頭を下げる。

「殿下のお気持ちに、私どもは従うまででございます」

どこまでもついてきてくれる秀玲たちに、明賢は有り難くもあり、申し訳なくもある。

「そのために、立勇にますます頑張ってもらう必要があるけどね」

明賢自ら動くと皇太后を刺激してしまう。そのため今のところ、雨妹のことを安心して任せられるのは、信頼する立勇しかいない。

ただでさえ近衛の彼に宦官《かんがん》のフリまでさせているのに、さらに仕事を増やしてしまうのは心苦しいのだが。

明賢の苦悩に、秀玲はニコリと微笑んだ。

「殿下のお役に立つことはあの子の喜びでしょう。ぜひ存分に使ってやってくださいませ。大丈夫、これしきのことでへばる息子ではありませんから」

その笑顔はまるで谷に子を落とす獅子《しし》のようだと、明賢は思った。


ちょうどその頃。

「ハクシュッ！」

雨妹を送って前を歩く立彬が、ふいにくしゃみをした。

「風邪ですか？　立彬様」

「いや、違う。誰か私の噂をしている気がする」

雨妹が尋ねてくるのに、立彬は鼻をムズムズさせながら返す。

「そういう時って、たいてい悪口だったりするんですよねぇ」

雨妹がしたり顔で語る一般論に、立彬は顔をしかめる。

「……きっと母上だな」

その小さな呟《つぶや》きが雨妹に拾われることはなかったが、ある意味母子で気持ちが通じているのであった。

＊＊＊

太子宮で話をした翌日。

この日の仕事を終えた雨妹が訪れたのは、医局だった。

「こんにちはー」

「おう雨妹じゃねぇか」

雨妹が外から声をかけて戸を開けると、中でなにかの草をすり潰《つぶ》していた医官の陳《チエン》が、顔だけをこちらへ向けた。

「また湿布でも貰いに来たか？」

そしてそんなことを言ってくる。実のところ雨妹は、他の宮女に頼まれて湿布を貰いにちょくちょく来ていたりする。

――なんか皆、医局って行きたがらないんだよね。

宮女は医者嫌いが多いらしい。処方される薬が苦いせいもあるかもしれないが。

けれど今日の用事は湿布ではない。

「違います。おやつを持って遊びに来たんですよ」

雨妹がそう言って、美娜に作ってもらった麻花《マーホア》を見せる。

「いいもん持って来たじゃねぇか、茶にするか」

陳は嬉《うれ》しそうな顔で道具を置くと、いそいそとお茶を淹れる湯を沸かしに行く。その間に雨妹は散らかっている卓の上を片付け、麻花を適当な皿に盛る。

こうして二人でおやつとなった。

「うめぇな、この麻花」

「でしょう？　美娜さんの麻花は絶品です」

そんなことを言い合いながら麻花を幸せそうに次々と口に入れ、くだらない世間話をしながら持って来た分を全て食べ終えたところで。

「で？　なんか厄介事か？」

陳にそう尋ねられる。

「なんです？　いきなり」

「だってよお前、用事もなく医局に来ないだろう」

一度はしらばっくれてみせるも、ズバリと言われた雨妹は、軽く愛想笑いを浮かべた。なかなか鋭い男である。

「実は……」

こうして雨妹は、陳に友仁皇子について切り出す。

「はぁん、過敏症とはうまいこと言うな」

そして事のあらましを聞いた陳は、そんな感想を述べた。

――え、まず気にするのってそこなの？

病名に感心されるとは、もしやと思って雨妹は尋ねる。

「もしかしてこういった症状は、実態がそんなに知られていないんですか？」

この疑問に、陳は顎《あご》を撫《な》でて「うーん」と唸《うな》る。

「小麦にかぶれるという事例はたまに聞くが、患者数となるとなぁ」

なんでもこの国におけるアレルギーに対する認識が薄いために、現状がつかめていないというよ り、病気の患者数の統計自体があやふやなものなのだそうだ。

今日の朝食時に美娜に話を聞いたところ、小麦のアレルギー症状について知っていた。「身体が弱い人は小麦にかぶれる」というくらいの認識だったが、そういう人には小麦を食べさせてはいけないと聞いているらしい。

そんな風に一般的に知られていることなのに、わからないとはどういうことか？　疑問顔の雨妹に、陳が説明するには。

「病気ではなく呪いと考えて、道士のところへ行く患者が結構いるからな」

どうやら患者が医者にかからないからのようだ。ここでも道士が邪魔をしているらしい。

「そんでな、道士に傾倒する奴《やつ》は田舎より都の方が多い。だから余計に実態がわからんのだ」

人口が多い都での調査がままならないため、症状の解明も遅れているということか。

しかし雨妹は、この話を少し意外に思った。

「田舎の方が、その手のことって信じやすい気がするんですけど」

山の神を崇《あが》めていたりと信心深い田舎の人より、都の人の方が道士を信じるとは奇妙に思う。

だが確かに考えてみれば、辺境の村で道士をあまり見なかった。たまに見ても、旅の道士が異国から帰って来て都へ向かうのに通り過ぎるくらい。長期滞在、ましてや住みつく道士なんて皆無である。

——なんでだろう？

この謎の答えを、陳が教えてくれた。

「あいつらは所詮《しょせん》商売をしているんだぞ？　物々交換が基本の田舎じゃあ、金にならんだろうが」

なるほど納得である。

一方の陳は、雨妹が告げた原因食材について考えていた。

「それにしても卵と牛乳なぁ。お前がどっからその情報を手に入れたのかはおいておくとして、症状を調べるにも、調査する相手が圧倒的に少なすぎる食い物だな」

陳の懸念に、雨妹も頷《うなず》く。

「基本的にお金持ちの限られた人しか、食べませんものね」

田舎で鶏や牛を飼っているならともかく、それ以外の人には高嶺《たかね》の花《はな》の食材だ。ましてや金持ちは都に住まうもの。都住まいは道士に傾倒しがちとなれば、医者の耳に入りにくいのも道理である。

そしてそのせいで今、友仁皇子は理不尽な「呪い憑き」なんていう悪評を押し付けられている。まだ幼い子供が、アレルギーというだけでそんな目に遭うようなことがあっていいはずがない。

雨妹は真《ま》っ直《す》ぐに陳を見た。

「友仁皇子殿下が呪いなんかじゃなくて、食物過敏症という体質なんだと証明してあげたいんです。

先生、手を貸してください」

この言葉に陳がしばし沈黙した後、ガシガシと頭を掻《か》く。

「……まあ、お前さんには借りがあるからな。いいだろう」

ため息交じりの陳の言葉に、雨妹はパアッと表情を明るくする。

「そうこなくっちゃ！」

こうして、敵地に乗り込むための仲間が増えた。


後宮の妃嬪たちの朝は遅い。

それは胡昭儀も例外ではなく、日も高く昇った頃にようやく起き出し、のんびりと朝食をとるのが通例だ。であるからして屋敷の主《あるじ》に合わせて働く妃嬪付きの宮女や女官たちも、夜明けとともに行動を始める宮女に比べて、比較的ゆったりと行動しがちである。

しかしこの日はそんなのんびりとした朝の時間、屋敷に騒音が響いた。まだ胡昭儀が夜着から着替え終えたばかりで、朝食を食べる前のことだ。

「なんですかあなた方は、どういうつもりなのです⁉」

騒音の発生源である屋敷の入り口で、年配の女官が招かれざる客をギロリと睨《にら》む。

そこにいるのは、三人組の男女だ。背の高い宦官に小柄な宮女、そして医官。そう、言わずと知れた雨妹たちである。

「この者は陛下の意向で、友仁皇子殿下の診察に参った医官です。道を空けてください」

立彬が悠然とした態度で女官に告げるのに合わせて、陳が頭を下げる。その一歩後ろで、雨妹は俯《うつむ》いて控えていた。

これが一昨日《おととい》に太子宮で出された作戦、「友仁皇子の健康診断」である。こそこそと探るのではなく、大義名分を手に入れて堂々と調べればいいというわけだ。

ちなみに今の雨妹の立場は陳の助手だった。頭巾《ずきん》をきっちりと被り、布マスクだって装着済み。雨妹的にはいつものスタイルだったが、相手の女官からすれば怪しいことこの上ない格好らしく、胡散臭《うさんくさ》そうな視線が頭上に注がれるのがわかる。

そして立彬は、皇帝の使いという立場でここにいる。雨妹と陳だけだと、話を聞いてもらえず追い返されるかもしれないが、太子付きの立彬がいれば信頼性が上がると、太子に言われたのだ。

「陛下の意向ですって？　ならばいつもの侍医殿を寄越《よこ》されるはずでしょう？」

疑わしい顔の女官に、立彬はきっぱりと述べる。

「それも、陛下の意向です」

嘘《うそ》ではない、本当に太子が皇帝から許可を貰《もら》って来たのだ。けれど相手は当然、それを素直に信じたりはしない。

「こちらで確認させます。結果がわかるまで屋敷に入ってはなりません」

「それは困ります。陛下から速やかに行動するように、と言われております」

この女官の言葉に立彬が即座に反論すると、二人の間で見えない火花が散った。

怪しい一団の侵入を阻止しようとする女官と、押し通ろうとする立彬とが舌戦を繰り広げようとしている時。

「どうしたのですか?」

屋敷の奥から、数人の宮女を連れた女が現れた。彼女の登場に年配の女官がスッと頭を下げ、立彬も礼をとったので、雨妹も慌てて続く。

「あの方が胡昭儀だ」

すると立彬が姿勢を低くしたまま、後ろの雨妹に囁《ささや》いた。どうやら騒ぎを聞きつけた屋敷の主が、様子を見に来たらしい。

「一体何事ですか?」

女官にそう尋ねる胡昭儀は美人なのだろうが、派手な容貌《ようぼう》ではない。どちらかというと線の細い女だった。

——あー、王美人寄りでギリギリ皇帝の好みそうなカンジ。

だから皇子が生まれたのだろう。

下世話な推測をしている雨妹を余所に、立彬は交渉相手を胡昭儀に変える。

「我々は皇帝陛下のご命令で、友仁皇子殿下の診察に参りました」

頭を上げてそう言う立彬に、胡昭儀が疑うというより不思議そうな様子で聞いてくる。

「……あなたは、太子殿下付きの宦官ではなくて?」

「太子殿下を通じて、皇帝陛下に命令を受けましたので」

経緯の前後はさて置くとしても本当のことなので、立彬の言葉によどみがない。

——それにしても立彬様、「皇帝陛下」を連発するなぁ。

使える大義名分をとことん利用する気らしい。

「ただいま真偽を調べさせておりますゆえ、待つように申しております」

「けれど我々としても、陛下のご命令を速やかに実行しなければなりません」

年配の女官が胡昭儀に告げるのに、立彬が即座に反論する。

二人の静かな戦いを見て、胡昭儀がおっとりと首を傾《かし》げる。

「どちらにせよ、友仁が必要ということですね。友仁はどこに？」

「それは……」

胡昭儀が自身のすぐ傍《そば》に控える女官に尋ねると、尋ねられた者はついっと視線を下に逸《そ》らす。

「……今朝も『呪い』を発せられましたので、ただ今処置の最中かと」

「そうなの」

これを聞いた胡昭儀は、悲しそうに目を伏せる。

「しまった、遅かったか」

話を聞いた立彬が小さく呟く。

雨妹たちは胡昭儀の朝の行動パターンを調べて、朝食前に突撃をかけたつもりだった。だがどうやら友仁皇子は、先に食事を済ませてしまったようだ。

——だったら、余計に早く助けてあげなきゃ！

「処置」という言葉を聞いた時の胡昭儀の表情からして、その内容はろくなものではないと想像がつく。

「失礼ながら、申し上げます！」

立彬たちの背後に控えていた雨妹の発言に、胡昭儀たちの視線が集中する。

「私たちはその『呪い』の正体を明らかにするために、ここへ遣わされたのです。どうか友仁皇子殿下への速やかなお目通りをお願いします！」

雨妹は頭を上げ、真っ直ぐに胡昭儀を見た。頭巾と布マスクで顔が隠れている中で、青い目だけがまるで光を放つかのように強い意志を感じさせる。

「……！」

その目を見た胡昭儀が、何故か息を呑《の》む。

そしてしばらくすると。

「わかりました、この方々を案内して」

胡昭儀がそう告げたのだった。


雨妹たちが忌々しげな年配の女官と別れ、胡昭儀付きの女官に連れられて行った先は、広い一室だった。

しかしその部屋の窓の隙間から、煙が流れ出ている。

——なにあれ、火事？

だがそれにしては、案内の女官が慌てる様子はない。立彬と陳を見ても、二人も訝《いぶか》しむ顔である。

そんな雨妹たちに、先頭を歩く女官が振り向いて視線を寄越す。

「なにを見ても騒がないように」

そう静かな声で言うと、音を立てないようにそっと扉を開けた。

「……！」

そして目に飛び込んできた光景に、雨妹は一瞬言葉を失う。

目に染みるほどに煙たく香が焚《た》かれている室内で、友仁皇子が上半身裸で床に座っている。そしてそのむき出しの背中を、あの派手な女官が木切れで打っていた。

――なに、なによこれは!?

雨妹は頭に血が上っていくのがわかる。

「やめなさい、そこの幼児虐待犯！」

そして気が付けばそう叫びながら駆け出していた。

「あ、こら！」

隙を突かれた立彬がその行動を止めることができないまま、雨妹は派手な女官の背中に跳《と》び蹴《げ》りをかます。

「とうっ！」

「うぐっ！」

扉が開いたことにも、雨妹たちがいることにも気付いていなかった彼女は、木切れを握ったまま床に倒れ込む。

「一人で突撃する奴があるか」

立彬が呆《あき》れた顔をして言い、陳と案内の女官は呆気《あっけ》に取られているようだが、自分でも止められなかったのだから仕方がない。

「さあ、こちらに！」

雨妹はこの間に友仁皇子を部屋の外へ連れ出そうと、その顔を覗《のぞ》き込む。

「……なに？」

なにが起こったのか状況がわからないのだろう、大きく目を見開いて雨妹を見る。だがその姿は痛々しいの一言だ。

痛みを必死に堪えていたのだろう、唇は噛《か》みしめすぎて血が出ており、顔は涙と鼻水でグシャグシャになっていた。

痛くて怖くて悲しかっただろう、その小さな身体を抱えた雨妹は、煙たい部屋から脱出すると、陳を呼ぶ。

「先生、治療を！」

「わかった！　ああ可哀想に、血が出てるじゃないか」

陳が速やかに友仁皇子の手当てを始める一方、あの派手な女官がゆっくりと立ち上がる。

「誰、邪魔をしたのは」

そう呻《うめ》きながら首を巡らせる彼女の前に、立彬が友仁皇子を隠すように素早く立ちふさがった。

彼女は自分を蹴ったのが立彬だと勘違いしたのか、その姿を憎々しげに睨みつける。

「またお前……！　呪い払いの邪魔をするなんて、どういうつもり⁉」

噛みつくように叫ぶ彼女の言葉に、雨妹はこめかみが引き攣《つ》るのを感じる。

——なにが呪い払いよ、自分の鬱憤《うっぷん》晴らしの間違いでしょう！

雨妹は進み出て立彬の隣に並ぶと、声を張り上げた。

「友仁皇子殿下は呪いなんかじゃありません、ただの体質です！」

けれど彼女は雨妹をここで初めて認識したらしい。

「……なによ、あなたは？」

見知らぬ宮女を見たように眉《まゆ》をひそめる。前回遭遇時には立彬の後ろに隠れていたので、こちらの存在に気付かなかったのも無理はないだろう。

だが雨妹が会話に割って入ったのが気に食わないのか、すぐに鋭い視線を向けて来る。

「下っ端宮女は引っ込んでなさい、身の程知らずな」

唸《うな》るように言い捨てる彼女を、雨妹も負けじと睨《にら》み返す。

「身の程知らずはどちらです！　皇子殿下を世話するべき人が体質に気付かず、原因を見極めようともせずに安易な結論に飛びつくなんて、恥を知りなさい！」

雨妹が怒鳴りつけると、彼女は一瞬顔をしかめた。

——この人……。

その様子を見た雨妹の中である確信が芽生え、さらにきつく睨みつける。

だが相手も黙っていない。

「私は皇太后陛下の意に従っているまで！　それをわけのわからないことを言って邪魔するなんて、許されないことだわ！」

皇太后の名前を出せば、たいていの者が引き下がったのだろう。彼女は今回も得意げに言ってみせた。

しかし――

「何事であるか？」

そこに突然、低い男の声が響く。

「……！」

雨妹は即座に立彬の横に並び、跪《ひざまず》いて首《こうべ》を垂れる。それは陳も案内の女官も同様だ。

緊迫した空気の漂う中、胡昭儀に伴われて現れた人物を、彼女は呆然《ぼうぜん》と見つめる。

「皇帝陛下……」

しかし彼女はすぐに我に返り、慌てて叩頭《こうとう》する。

ゆったりと歩いてきた皇帝は、一同を見渡す。

「明賢から『友仁の一大事』と言われて来てみれば、これは一体なんの騒ぎだ？」

これに派手な女官が顔を上げ、皇帝に告げた。

「私は皇太后陛下のお言いつけを忠実に守っていたのです。なのにそこの下級宮女が、身の程知らずにも言いがかりをつけてきて……」

彼女は皇帝に向かって己の正しさを主張しようとしたのだが。

「文君《ウエンジユン》、陛下の前で大きな声を出すなんて、はしたないですよ」

胡昭儀が止めに入る。どうやらこの派手な女官は名前を文君というらしい。

「っつ、何様のつもり」

文君が小さくそう漏らしたのを、雨妹は拾い聞く。どうやら胡昭儀に注意されたのが気に食わないらしい。

そんな文君の様子に胡昭儀が視線を伏せたかと思ったら、意を決したように皇帝に向かい合い一歩前に出ると、この場の全員に聞こえる声で尋ねた。

「恐れながら陛下にお尋ねいたします。この者たちを陛下自らが遣わしたというのはまことでございますか？」

この質問に、皇帝は全員を見て大きく頷《うなず》く。

「まことである。どうやら侍医は藪《やぶ》医者のようだとわかったからな、他の医師に友仁を診させるべきだと明賢から進言を受けて、医局に命じた」

皇帝の言葉に、胡昭儀がホッとした顔をする。皇太后によって「呪い憑き」の烙印《らくいん》を押されてしまった我が子に、救いの手がようやく差し伸べられようとしているのだ。安堵《あんど》するのも当然だろう。

「そんな……」

一方、文君は驚きの表情で呻き声を漏らす。

「皇太后陛下はなんと仰《おつしや》っているのですか⁉『呪い憑き』は道士に任せるべきかと思われます！」

必死になって言い募る文君に、しかし皇帝は冷たい視線を向ける。

「ここの主は皇太后ではない、朕である。ゆえに皇太后の意見など必要ない」

その二人の様子に、雨妹は内心でため息を吐く。

――頭に血が上って失敗したね、あの人。

皇太后の姪《めい》の子を太子にしなかったことを鑑みても、皇帝と皇太后の仲が良くないのは想像がつく。それなのにこの場で皇太后の名を出すのは下策であろう。

相手の背後に皇太后がいるのなら、こちらもそれ相応の後ろ盾が必要となる。それで太子が用意したのが皇帝というわけだ。

――ちゃんと来るのかヒヤヒヤしたけどね！

だがこうして太子の意見を聞いてやって来たということは、皇帝も友仁皇子のことをそれなりに気にかけていたのだろう。

皇帝は友仁皇子の隣で顔を伏せている陳に視線を向ける。

「してそこの医官、友仁の様子はいかがであるか？」

皇帝はそう質問をすると、背中の傷を隠すために陳の上着をかけられた友仁皇子を見た。

「……！」

すると友仁皇子が怯《おび》えたように縮こまる。皇帝主催の宴の席での問題が発端だと聞いているので、皇帝の存在自体を恐ろしく思うのも無理はない。

陳はその怯えを感じ取ったのだろう、友仁皇子の肩を包むように優しく掴《つか》む。するとひと肌の温もりに安心したのか、友仁皇子の身体から力が抜ける。

その様子を見て、顔を上げた陳が皇帝に告げた。

「診察は今から行うところです。しかしその前に必要なものがありまして。準備はできていますかな?」

「……持ってきて頂戴《ちょうだい》」

陳が尋ねると、胡昭儀が控えさせていた宮女に籠《かご》を持ってこさせた。ここまで案内される前に頼んでおいたのだ。

「これが言われたものです」

「わかりました、ありがとうございます」

籠を差し出す宮女から、助手の立場である雨妹が立ち上がって受け取ると、皇帝が関心を示す。

「なんだそれは?」

「どうぞ、確認してください」

雨妹はその中身を見せた。

「……卵と、牛乳か?」

「はい、こちらのお屋敷の台所から拝借したものです。診察にあたって必要なので、用意してもらいました」

ハキハキと説明する雨妹を、皇帝が不思議そうに見つめた。

「……そなた、いつかの掃除係ではなかったか?」

王美人のところで見かけた姿を覚えていたのだろう。確かに頭巾《ずきん》に布マスクをした宮女というのは後宮内でも滅多にいないので、皇帝の印象に残っていても無理はない。

首を捻《ひね》る皇帝に、雨妹は告げる。

「掃除もしますし、先生の助手もします」

嘘ではない、掃除は仕事で助手はボランティアなだけだ。

そんな会話をしていると、胡昭儀に声をかけられる。

「この場で診察というのも落ち着かないでしょうから、部屋を用意させました。陛下、皆様もそちらへ参りましょう」

というわけで、ここから移動して改めて診察を行うこととなった。

全員が座れる広い部屋で、雨妹と陳は早速準備をする。

まず取り出した卵と器に入った牛乳を別の器に少量採り、水で薄める。

これらの行動の意味がわからない皇帝は、目を瞬かせて見入っていた。

「それは、なにをしているのだ？」

尋ねてくる皇帝に、陳が向き直って答える。

「友仁皇子殿下の体質を調べるための準備です。詳しいことは、こちらの助手の口から語らせたく思います」

その言葉と同時に、雨妹は一歩前に進み出て一礼した。

「それで体質を調べるとは、どういうことだ？」

皇帝の質問に、雨妹は応じる。

「友仁皇子殿下が、食物過敏症であるかどうかを調べるのです」

そして太子に行ったのと同じ説明をする。毒でもなんでもない食べ物を異物として認識してしまい、食べると炎症反応などの症状が出ること。人によっては死に至ること。あらゆる食物で症状が出る可能性があるが、最も出やすいのが卵・牛乳・小麦であることなどを、順を追って話す。

これを聞いた皇帝が、「ふむ」と顎《あご》を撫《な》でる。

「それは食材が腐っている、ということではないのか？」

「違います。例えば小麦過敏症の患者であれば、新鮮であっても小麦そのものが毒なのです」

このやり取りを静かに聞いている一同の中で、椅子を蹴《け》立《た》てて立ち上がった者がいた。

「いい加減なことを言わないで！」

そう叫んだのは、皇帝の手前、ここまで静かだった文君である。

「そんな話、聞いたこともないわ！」

我慢ならなくなったのか会話に割って入る文君を、皇帝はちらりとそちらに視線を寄越しただけで、特別なにも言わず。

そして雨妹は静かな口調で反論する。

「聞いたことがないのは、そちらが不勉強なだけでしょう。少なくとも台所番の宮女は知ってましたよ」

台所番の宮女に劣ると言外に言われた文君は、カッと顔を赤くする。

「お前、私を侮辱する気……！」

「黙れ、陛下の御前である」

雨妹に突進して掴みかからん勢いの文君を制したのは、立彬だ。

「陛下の御前で無礼な振る舞いは許されない、大人しく控えていろ」

立ちふさがる立彬に、文君が悔しそうに歯噛《はが》みする。

立彬はこの部屋に移動する間もずっと、己の立ち位置を微妙に調整して、文君との間に入れるように常に気を配っていた。

――あの気の配り方って、宦官《かんがん》っぽくないよね。

雨妹は立彬を横目で見て、そんなことを考える。誰かを守るために動くことを計算できるのは、どちらかといえば武人であるように思うのだが。

そんないざこざがあったものの、雨妹と陳は友仁皇子の診察に取り掛かる。

「友仁皇子殿下、腕に触ります」

陳は友仁皇子の座った椅子に近寄り、一言断ってからその腕を取ると、先程卵と牛乳をそれぞれ水で薄めたものを腕の内側に一滴ずつ落とす。

「ちょっとだけ針で刺しますから、痛かったら言ってくださいね」

雨妹はそう告げて液で濡《ぬ》れた箇所を針で軽く刺し、しばし待つ。

今雨妹たちが試みているのは、アレルギーの皮膚テストだ。これは短時間で結果が出る方法で、当然事前に雨妹たち自身で試験済みである。

雨妹は卵・牛乳・小麦のどれも反応なしで、陳も同様だった。さらにそこいらをうろつく宦官を捕縛しつつ協力を要請してみたところ、牛乳にうっすらと反応したのが二人いた。彼らに牛乳で炎症を起こす体質であることを告げると、「どうせそんな高級品を飲むことは滅多にない」とは言いながらも、今後一応気を付けるとのことだった。

そして友仁皇子はというと、牛乳は変化なしだが、卵の方の変化が早い。針で刺した箇所が、みるみる赤く腫《は》れあがっていくのがわかる。

「腫れるのが早いですね」

「しかも腫れ方が酷《ひど》い」

雨妹は陳と囁《ささや》き合う。痛々しいくらいに腫れてしまい、明らかに重症を示していた。友仁皇子も痛痒《いたがゆ》いのを堪えているのか、顔をしかめている。

「先生、薬を」

「そうだな」

陳は針で刺した箇所を拭《ぬぐ》うと、腫れを抑える薬を友仁皇子に処方する。

その間に雨妹は、この一連の様子を見守っていた一同を見渡す。

「皇帝陛下、皆さま、ご覧ください。この腫れは卵液を塗った箇所です。この炎症反応から判断すると、友仁皇子殿下は重度の卵過敏症であることが判明しました」

「まあ……」

「なんと……」

説明を聞いた胡昭儀は、その異様な腫れ具合に顔色を青くし、皇帝は純粋に驚いていた。

「今、皇子殿下は腕に卵液を塗ってこうなりましたが、体内でも同様の症状を引き起こします。内臓がこのように腫れれば、想像を絶する苦痛だったことでしょう」

雨妹の言葉に、友仁皇子本人も呆然《ぼうぜん》としている。自身の苦しみの原因がようやく判明したことに、理解が追い付いていないのだろう。

「卵だなんて、食卓によくのぼるものだわ」

胡昭儀がそうポツリと零す。さすがそこそこ位の高い妃嬪ともなれば、卵を常食しているらしい。

「友仁殿下は食が細いですから、少量でも栄養があるものをと考え、むしろ卵をお出しする回数は多かったはずです」

お付きの女官が気遣わしい表情で胡昭儀を見る。

知らなかったからとはいえ、食が細くなっている原因を押し付けるも同然の行為だ。きっとこの話を聞く屋敷の台所番は、顔色を青くすることだろう。

衝撃を受けて気落ちする胡昭儀たちに、雨妹は助言する。

「食物の過敏症は、成長と共に症状が緩和されることが多いので、あまり不安に思い過ぎないことです」

「……本当に？」

胡昭儀が小さく問うのに、雨妹は大きく頷《うなず》いてみせた。

「本当ですとも。だから友仁皇子はまず適切な食事をとって体力をつけて、健康な身体になるように心がけましょう。そうすれば、身体が卵に打ち勝つ時が来ます」

幸いなことに牛乳には反応しなかった。牛乳は栄養がたっぷり含まれているし、聞けば本人も好んでいるようなので積極的に飲むといいだろう。

「友仁……」

胡昭儀がゆっくりと歩み寄ると、友仁皇子の前で屈《かが》んでその両手を取った。

「あなたの苦しみを理解してあげられなかった愚かな母に、詫《わ》びさせてちょうだい。そしてこれからはちゃんと食べられる食事を用意させますから、早く元気な姿を見せてほしいわ」

「……母上」

痛みを堪えるものではない涙が、友仁皇子の目から零れ落ちる。

これまで胡昭儀たちの様子を見守っていた皇帝が、ふいに椅子から立ち上がった。

「なるほど、今聞いた理由ならばあの宴での苦しみようも理解できる。呪いなどという馬鹿馬鹿しいものではなかったのだ」

皇帝がそう告げて友仁皇子を見る。

「友仁よ、もっと早くに他の医師を寄越すべきだった。これほど遅くなったことを、朕からも詫びよう」

「そんな、僕は……」

謝罪を口にした皇帝に、友仁皇子が狼狽《うろた》える。

この瞬間、友仁皇子の「呪い憑き」という評価は消えた。後は雨妹が交流のある宮女たちにこの噂を流せば、きっと悪い評判もあっという間に塗り替えられる。

むしろ過敏症という症状を世に知らしめた人物として、名を遺《のこ》すかもしれない。

幼い身で苦しんだ友仁皇子には、他人に優しくできる大人に育ってほしいと、雨妹は願う。

――とりあえずは目的達成！

雨妹的には「これにて一件落着！」と言いたくなるような、大団円の室内であったが。

そんな中一人、蚊帳の外にいる人物がいた。

「こんなことって……」

文君は忌々しげに呟《つぶや》くと唇を噛《か》みしめ、胡昭儀が友仁皇子を抱きしめる姿を憎々しげに睨《にら》む。

その姿を、雨妹は静かに見つめていた。


それから友仁皇子は、仮の手当てをされただけだった背中の折檻《せっかん》の痕《あと》を、陳に治療してもらうこととなった。

皇帝はそのまま屋敷に滞在し、家族との団欒《だんらん》の時を過ごすという。友仁皇子は皇帝に対してまだ怯えが消えないようだが、それも徐々に改善されることだろう。

そんな穏やかな家族の場から離れた、人気《ひとけ》のない回廊で。

「こんな、こんなはずじゃあなかったのに」

文君がブツブツと言いながら、床を蹴立てるようにして歩いていた。

「もう一度皇太后陛下にお願いして、あの女を……」

だがやがて文君は回廊の先に立っている、大小二つの人影に気付く。先程部屋で別れたはずの立彬と雨妹である。

雨妹は文君と話をするために、立彬と共に先回りをしていたのだ。

「あなたには、大事な話があります」

雨妹が告げると、文君はギリッと両手を握り締めた。

「小娘、お前が余計なことをしたせいで！」

そう叫んだ文君が、悪鬼のごとき表情で掴《つか》みかかろうとする。

しかし、これに怯《ひる》む雨妹ではない。辺境をうろつく野生動物に比べれば、可愛《かわい》いものである。

――辺境育ちを舐《な》めるなよ！

雨妹が反撃の体勢で迎え打つつもりでいると。

「黙れ、醜い女だ」

スッと自然な動きで一歩踏み出した立彬が、素早く文君の腕を取ったかと思えば、次の瞬間その身体を床に叩《たた》きつけていた。その流れるような動作に、雨妹は一瞬見惚《みと》れる。

――この人が宦官って嘘、絶対嘘だ！

立彬への深まる疑惑に意識をとられようとしていたのだが。

「くっ……、たかが宦官の分際で私にこんな仕打ちをして、どうなるかわかっているんでしょうね!?」

立彬によって床に押さえつけられた状態で喚《わめ》き立てる文君の声に、雨妹はすぐに我に返る。

「あなたこそ、このまま逃げられると思わないことです」

見下ろしてそう話す雨妹に、文君は頭を上げて唾《つば》を飛ばさんばかりに反論する。

「おかしなことを言わないで。何故私が逃げなければならないのよ⁉」

意味がわからないといった様子の文君を、雨妹は冷ややかに見る。

「あなたは、皇子殿下は卵が食べられないことを知っていましたね？」

この言葉に文君は一瞬、目を見開き息を呑《の》む。

「……なにを言っているの、私があんなふざけた話を知っているわけがないでしょう⁉」

文君は甲高い声でそう言うと、フイッと顔を逸らす。

――嘘をつくのが下手な人。

雨妹は追及を緩めず話を続ける。

「友仁皇子殿下のような体質の人は、自分が食べられない食事に敏感なもの。卵がほんの少量使われているだけでも、避けようとするでしょう」

実際に太子の話では、友仁皇子は卵が使われた糕《カオ》を食べなかったようであるし、自身では卵が食べられないことを悟っていたに違いない。それが何故食べられないのかという原因の説明が難しかったから、理解されなかっただけで。

「それなのに友仁皇子殿下は、皇帝陛下主催の宴という失敗が許されない席で、卵を口にして大騒動になりました。私はこの点がおかしく思えて仕方がなかったんです」

宴の料理は卵料理ばかりではないはず。そちらを食べて誤魔化せばいいものを、わざわざ卵料理を食べて苦しむ羽目になり、しかもその後も同様のことを繰り返している。

「ですが、友仁皇子殿下が卵を自ら口にしたのではなく、むしろ誰かが食べるように強制したからだと考えれば、納得できます」

「……」

雨妹の言葉を、文君は唇を噛みしめながら聞いている。

「そしてあなたは、私に友仁皇子の体質について言及された時、大して驚いた様子を見せなかった」

初めて聞く内容ならば、太子や皇帝のように怪訝《けげん》な顔をしそうなもの。なのにあの時文君は顔をしかめていた。

雨妹にはあれが「余計なことを言うな」という態度に見えたのだ。

「そんなもの、言いがかりにすぎないわ！」

「言いがかりかどうかは、取り調べの中で明らかにしてもらおうか」

反発する文君に、立彬が冷たく言い放つ。

「もし知っていて食べさせたのなら、皇族である友仁皇子殿下に対する仕打ちは陛下に向けられるも同然。つまりは陛下に歯向かう大罪だ」

立彬が厳しい声音で告げると、文君はわなわなと震え出す。そして血走らせた目で叫ぶ。

「……私が、本当は私こそが選ばれるはずだった！　小娘、お前がいなければあの目障りな女と子供を後宮から放り出せたのに！　しゃしゃり出て余計なことをするから！」

雨妹を詰《なじ》る文君は、こちらを見ているようで、しかしここではないどこかを見ていた。

「あのパッとしない女が選ばれて、私が付き人？　冗談じゃないわ、私こそが陛下の寵愛《ちょうあい》を受けるに相応《ふさわ》しいのよ！」

文君のその表情は、怒りに溢《あふ》れているようでもあり、どうしようもなく悲しんでいるようにも見える。

そんな文君を、雨妹はなんとも言えない気持ちで見つめていた。

彼女はきっと、「お前は国母となるのだ」と言い聞かせられて育ったのだろう。そして自身もそのつもりで生きてきたのに、直前になって突然女官になるように言われた。

胡昭儀の実家は、陛下の女の好みを見抜いたのだろう。だから本来の候補だった文君ではなく、地味寄りの容姿の胡昭儀が選ばれたのだ。

一族の思惑に振り回された文君を、可哀想だと思いもする。

――けれど皇帝の寵愛を受ける以外にも、幸せになる方法はあったでしょうに。

むしろ妃嬪とならなかったことで、胡昭儀よりも自由な立場が手に入ったはず。誰かに恋をして、その相手と結ばれる未来だってあったのに。

明るい未来に背を向け、後宮に生きる女としての宿命に自らを縛り付けた、憐《あわ》れな女だ。

静かに見下ろす雨妹に、文君が酷く顔を歪《ゆが》める。

「……見るな、そんな憐れんだ目で私を見るな！　私こそが皇帝陛下の寵愛を受けるに相応しいのに、どうしてっ⁉」

文君の慟哭《どうこく》は、回廊に虚《むな》しく響いていた。

＊＊＊

胡昭儀はその日のうちに文君が友仁皇子の殺人未遂で連行され、裁きを受けるまで牢《ろう》に入れられると聞かされた。

文君は友仁皇子が卵を食べると身体に異変をきたすことを知っていて、それを報告することもなく、卵を残すことを許さずに食べさせていたのだという。

――まさか、そんなにまで憎まれていたなんて……。

胡昭儀は文君が、自分たち母子をよく思っていないことを知っていた。けれど実家での力は文君の方が上であるため、家族のことを思うと強く出られなかったのだ。

それに本来なら文君が得るはずだった立場を、自分が横から奪ってしまったという負い目もあった。

文君が友仁の付き人になる話が出た時も、彼女が最も位が高かったために止められなかった。あの時強固に反対していれば、文君に道を誤らせることにならなかったのだろうか。

ずっとそんな「もしも」の話が、胡昭儀の頭の中を渦巻いていた。

そんな泥沼の中にいるようだった胡昭儀を、清水へと導いてくれたあの医官の助手。皇帝は彼女を知っているようだったが、そういえば名乗らなかったことを、今更ながらに思い出す。

普通はあわよくば取り立ててもらおうと、聞かれなくとも名乗るものなのに。

「助手だというあの娘、なんという名なのかしら？」

「さあ、医官付きでしょうが、存じ上げません」

お茶を淹れてくれている女官に聞いても、知らないという。

しかし一つだけ明らかなことがある。

あの娘は、強い光を宿した青い目をしていた。

「あの青い目の眼差《まなざ》し、昔の陛下に似ていたわ……」

胡昭儀の呟きは、女官に拾われることはなかった。

第二章　蜂蜜《はちみつ》騒動

友仁《ユレン》皇子の一件で、食物過敏症についての話が瞬く間に広まった。

陳の元には多くの妃嬪たちから「体質を調べてほしい」という話が舞い込むようになり、今てんてこ舞いをしている。

一方でこの流れが気に入らないのが、皇太后だ。自分の下した結論を皇帝に覆されたのだから、面子《メンツ》が丸つぶれであろう。おかげで皇太后の宮では、興奮した女性の金切り声が頻繁に聞かれるそうである。

こうして後宮内が荒れ模様の中。

皇帝はある日、仕事の合間を縫って王《ワン》美人の屋敷を訪れていた。

「まあ陛下、ようこそお越しくださいました」

たまたま外に出ていた王美人は、近くにいた女官にお茶の用意をするように言いつけると、皇帝を部屋へと案内する。

「今、なにをしていたのだ？」

「暖かくなってきたので、庭で花を愛《め》でておりました」

そんな他愛《たわい》のない話をしながら部屋へ向かい、しばらくするとお茶や菓子が運ばれてきた。

「では、私はこれで」

それらを卓に並べた女官はそう告げると一礼してすぐに下がり、皇帝のお付きの宦官《かんがん》たちも人払いをされている。ゆえに室内は皇帝と王美人の二人だけになった。

「……」

皇帝はなにを話すでもなく、無言でお茶を飲み始める。こうした時、王美人は皇帝に対して特に話を振ったりということをしない。自らもただ静かにお茶を飲むだけである。皇帝が自分の元を訪れるのは、静かな場所で安らぎたいためだとわかっているからだ。

しばし茶器の音と、外で風が木の葉を揺らす音が響いていた中、皇帝がポツリと言った。

「いつだったか、ここで掃除をしていた宮女がいただろう」

突然の皇帝の言葉に、王美人は目を瞬かせる。掃除をしていた宮女というと、王美人が脳裏に浮かべるのはあの娘しかいない。

「ああ、雨妹《ユイメイ》のことでしょうか？」

「……雨妹だと？」

王美人が笑顔で告げると、皇帝は一瞬目を見張って小さく呟《つぶや》く。この反応に王美人は「おや？」と思う。

――雨妹という名の娘が、誰か他にもいたかしら？

雨妹という名は言ってはなんだがありふれたというか、他にいてもおかしくない名前だ。なので同名の娘は国中にいるだろうが、皇帝の周辺でいただろうか。王美人は疑問を抱いたものの、それを顔には出さずに話を続ける。

「元気で愛らしい娘でしょう？　おやつをあげると、嬉《うれ》しそうに食べてくれて。それがまた小動物のようで可愛《かわい》いので、掃除のお礼にいつも用意しているんです」

王美人が饅頭《まんじゅう》を頬張る雨妹を思い出しながら笑みを浮かべると、皇帝は顎《あご》を撫《な》でて考えるような仕草をした。

「そうなのだな。ここでもそのような様子だったので、てっきり掃除係の宮女だとばかり思っていたのに、医官の助手だったのだなと思ってな」

この言葉に、王美人は首を傾《かし》げる。

「いいえ、雨妹は掃除係だと楊《ヤン》さんに聞きましたけど？　でも確かに色々なことを知っている博識な娘なので、助手であってもおかしくないですね」

「……なるほど」

王美人の答えに、皇帝は思案顔をする。

それから皇帝は王美人とのお茶を楽しんだ後、長逗留《ながとうりゅう》をせずにすぐに帰って行った。

——雨妹の話を聞くためだけにいらしたのかしら？

後宮で皇帝に興味を示されるということは、妃嬪候補に挙がるという意味合いを持つのだが、皇帝の今の様子では、そういったこととは少し違う気がする。

「ねえ、雨妹って誰か知ってる？」

王美人は茶器を片付ける女官に、先程抱いた疑問をぶつけてみた。

「いつもの掃除係の宮女でございましょう」

するると、女官からはそんな答えが返って来る。

「その雨妹ではなくて、他にいたかしらと思って」

「いいえ？　思い当たりませんが」

王美人がさらに尋ねると、女官は怪訝そうな顔をしつつも首を横に振った。自分より年配の女官も、他に「雨妹」という名を知らないらしい。

「雨妹、ねぇ……」

王美人は記憶を辿《たど》るも、やはり心当たりはない。もしかすると大したことではないのかもしれないが、妙に気になる。

そしてしばらくして王美人がふと思い出したのは、自分の前にこの屋敷に住んでいた張《チャン》美人のことだ。

皇帝の寵愛を受けて下級宮女が一気に美人にまで位を上げた、宮女内でも噂《うわさ》だった人。その頃の王美人は、後宮に入りたての新人宮女だったため、詳しくは知らない。だが彼女は確か姿を消す前に、娘を出産していたのではなかったか。

しかしその娘の名は知られていない。皇太后が皇帝の子ではないと宣言したため、禁忌の存在となったからだ。知っているとしたらごく一部、例えば当時お産を助けるために出産に立ち会ったはずの、楊などであろう。

――本来ならば公主として華やかな生活をしていたはずの、憐れな赤ん坊ね。

もし生きているとすれば、雨妹くらいの年頃だろうか。そう考える王美人は、初めて雨妹に会った時に思いを巡らせる。

雨妹のあの頭巾《ずきん》の下は、美しい青みを帯びた不思議な髪だったのを覚えている。しかしある時からきっちりと被《かぶ》った頭巾を取らなくなったので、残念に感じていたのだが。

――そういえばあの張美人も、不思議に美しい髪だったとか。

会ったことがない人なので、具体的にどのような色味であったかはわからない。しかしこの共通点は、王美人の心の片隅に引っかかるのだった。

＊＊＊

友仁皇子の事件は、百花宮《ひやっかきゅう》の中を騒がせた。

なにせ皇太后派の中でも、それなりに有力な妃嬪の宮で起きた醜聞である。格好の話の種になり、あっという間に広まったというわけだ。

特に罰された女官の文君《ウエンジュン》は、皇太后から可愛がられていたようで。胡《フー》昭儀の宮の外でも、大きな顔をしていたらしい。そうなれば当たり前だが、良い顔をしない者も増えてくるというもの。

「実は私、あの女のことを怪しいと思っていたの」

などと尻馬《しりうま》に乗るように語り出す人が多いのだとか。

それは雨妹たちのように、下っ端宮女でも例外ではなく。最近の食堂では、胡昭儀周辺の話で持ち切りだ。

――まあね、ここ最近での一番大きな醜聞話だったみたいだし。

江貴妃《ジャン》の時よりも話が盛り上がっているのは、文君が失脚しているからだろう。話では良くても尼寺行きということなので、もう表舞台に戻ることのない相手の噂はしやすい。

そして、ここのところ花の宴の準備で宮女の誰もが忙しく、鬱憤《うっぷん》が溜《た》まっていたということもあるだろう。お喋《しゃべ》りで鬱憤を発散するのは、どこの世界の女も同じだし、人は誰かの失敗話が好きなものなのだ。

ところで、そんな宮女たちの話の中で、雨妹の名前はあまり聞こえなかったりする。医者の助手として雨妹がいたことは、特に隠されていないのだが。それよりも大きな「文君失脚」という話題に隠された形である。

これを人によっては、「名を売って出世する機会を逸した」と嘆くのだろう。しかし雨妹にとっては幸運だったりする。

――目立っても、いいことなんてないもんね。

あくまで後宮ウォッチャーである身としては、出世なんてせずに掃除係のままなのがちょうどいいのだ。

そんな中、雨妹の文通友達である、江貴妃付きの宮女の鈴鈴《リンリン》から手紙が届いた。

雨妹はその手紙を読んでみたものの、いまいち内容が纏《まと》まっておらず。要約すると、えらいことをしでかした雨妹のことが心配なのと、この事件について詳しく聞きたくもあるという悩ましさが、混じり合っている感じだ。

鈴鈴は太子殿下に近いところにいるから、この辺りの宮女よりも情報が正確なのだろう。なので雨妹が結構大胆なことをしでかしたのを知ってしまい、心配してくれているということか。

――うーん、心配かけちゃったなぁ。

小動物寄りな癒し系宮女である鈴鈴を、雨妹のことでワタワタさせるのもなんだか可哀想《かわいそう》だ。なので休みが合った時に、会って一緒におやつを食べることにした。

そうしてやって来た、鈴鈴との待ち合わせの日。

「雨妹さぁん！」

鈴鈴が元気よく手を振りながら駆けてくる。その様が雨妹にハムスターを彷彿《ほうふつ》とさせて、その髪型のお団子の部分がハムスターの耳に見えてくる。

――あ～、鈴鈴ってば可愛いなぁ。

駆ける姿を見るだけでホンワカさせられた雨妹だったが、そのお団子髪にふと気付いたことがあった。

しかしそれよりも先に、鈴鈴が雨妹に半ば体当たりするように抱き着いてきた。

「ぐふっ」

「よかった、雨妹さんが元気そうで！　私ってば、話を聞いてびっくりしちゃいましたよ！」

雨妹は一瞬息が詰まり、後ろに倒れそうになるのを気合で堪《こら》える。

「ははは、気にかけてくれてありがとうね、鈴鈴」

そうお礼を言う雨妹に、しかし鈴鈴はなおも心配そうである。

「なにか罰を受けているんでしょう？　辛《つら》くないですか？　私にできることがあったら言ってくださいね！」

「……はい？」

――罰？　誰が？　私が？

きょとんとする雨妹に、鈴鈴もきょとんとする。

「違うんですか？　だって、罰でどこかのドブ浚《さら》いをしていたって聞いたんですけど」

「ドブ浚い……」

雨妹は鈴鈴の言っている内容に心当たりがあった。

「それ、仕事だから。どっかの阿呆《あほう》が流しちゃいけないものを下水に流して、詰まらせていたんだよね。アレは大変だったわ」

百花宮には一応、汚水や雨水を排水するための水路が張り巡らされているのだが、この水路にたまにごみを流す者がいるのだ。

ごみ処理は通常、集めて燃やしたり堆肥《たいひ》にしたりするものなのだが。どの世界にも、面倒がってポイ捨てする迷惑者がいるもので、その水路に誰だか知らないが、服を流していたのである。

おそらく服に人に見られては拙《まず》い跡でもついたのかもしれないが、そんなものを水路に流せばどうなるか、想像がつくだろうに。ちなみにその服は水路を詰まらせて大勢に迷惑をかけた者の証拠品として、どこかへ持っていかれた。

「……そういえば雨妹さん、掃除が仕事なんでしたね。忘れてました」

雨妹の話を聞いて、鈴鈴が肩を落とす。どうやら彼女の中での雨妹は、掃除係感が薄いようだ。

——にしても太子宮では私のこと、どんな話になってるのよ。

ちなみにこの話、太子は正確な事実を知っているはずだ。なにしろその作業の途中で立彬《リビン》に出くわし、「お前、臭うな」と乙女に言ってはいけない台詞《せりふ》を貰《もら》ってしまったのだから。

あの時の立彬はどこかへの遣いの荷を手に持っていたので、雨妹を探しに来たわけではなく、偶然出くわしただけのようだった。

ともあれ、これで鈴鈴の誤解は解けたようで。

「あー、ホッとしましたぁ」

「私も、変な誤解があるって知ってよかったわ」

雨妹は戻ったら美娜《メイナ》あたりに聞いてみようと、心に決めるのであった。

それから、予定通りにおやつ会をすることになった。

雨妹が持ってきたのは、美娜に頼んで作ってもらった麻花《マーホア》だ。これの対価としてこの前は、美娜の部屋の掃除を手伝った。

鈴鈴の方は砂糖をまぶした揚げ饅頭を持ってきていた。雨妹の好物の一つである。

——鈴鈴、おやつというものをわかっているわね！

二人して花の宴に向けて綺麗《きれい》に整えられている庭園が眺められる場所に座り、お互いに持ち寄ったおやつを交換して、早速食べる。

「この揚げ饅頭、美味《おい》しいね」

「宮の台所番に仲良くさせてもらっている人がいるんですけど、その人に特別に作ってもらったんです。雨妹さんのこの麻花も美味しいです」

「なるほどね、私のも仲良しの台所番の姉さんに作ってもらっているから。台所番と仲良くしていると、色々いいことがあるよね」

もちろん雨妹だって、お得なだけで美娜と仲良くしているわけではない。けれども利点があった方が人間関係がより円滑になるのは確かだ。利害が全く及ばない無償の愛で成り立つ関係性とは、そうそうないものなのだ。

雨妹はそんなことを話しながら、竹筒の水をグビッと飲むと。

――あ、そうだ。

今日鈴鈴と会った当初から気になっていたことを口にした。

「ねぇ鈴鈴、髪がちょっと傷んでない？」

すると鈴鈴は眼《め》を見開き、

「うーん、やっぱりそう見えます？」

そう言って自分の髪を一房手に取り、目の前に掲げて眉《まゆ》を寄せた。

「なにかあった？　虐《いじ》められて心労とか」

髪というのは身体《からだ》の中でも意外と心労が現れやすい部位である。この心労が極まると、脱毛したりするのだから。

「いえいえ！　そういうのじゃないんです！」

雨妹の質問に鈴鈴が慌てて否定し、「実は」と理由を語った。

「宮の姉さんの一人から石鹸《せっけん》というものを貰ったんです。もうすぐ花の宴だから、綺麗になりなさいって」

「へぇ、石鹸なんて手に入るんだね。あれって異国から入ってくるんじゃなかったっけ？」

雨妹は驚く。

この国では石鹸が生産されていないようで、今のところ全て異国からの輸入品だ。石鹸の材料である、苛性《かせい》ソーダを作る技術がないのだろうか。

石鹸の代わりに、この国で洗いものの際に使うのは、穀物のとぎ汁や澡豆《そうず》である。とぎ汁は米だったり稷《きび》だったり粱《あわ》だったりと色々だが、これに含まれる糠《ぬか》には汚れを吸着する作用があるため、ある程度の洗浄効果がある。

後者の澡豆とは、豆を粉状にしたもののことだ。豆には洗浄効果のある界面活性剤の成分が含まれており、抗菌作用もあるために優秀な洗浄剤となるのだ。

そうした洗浄剤で事足りて、必要に駆られていないので石鹸を作るための技術が発達していないという可能性もある。

「さすが雨妹さん、石鹸を知っているんですね」

鈴鈴がそう感心してから、話を続ける。

「玉秀《ユウシオウ》様から姉さんに下げ渡されたものの、さらにお下がりなんですけど。すごく綺麗になるんです。すごいですね、石鹸って」

そう語る鈴鈴は、まるで新しい物に出会った子供のような顔をしている。

そんな貴重な石鹸が回って来た鈴鈴だったが、問題が発生した。

「私としては石鹸は洗いあがりがさっぱりしていて好きなんですけど、それで髪を洗ったら……」

「代わりにパサパサになったというわけね」

「そうなんです」

雨妹の指摘に、鈴鈴が頷《うなず》く。

この国の人にとって、男女共に髪は大事な部位である。その髪の手入れを怠っていると他人からあまりよく思われないので、髪のパサつきは大問題だろう。

雨妹も鈴鈴の髪を一房手に取って確かめてみた。

「今まではとぎ汁だった？　それとも澡豆？」

「もちろん宮女になりたての頃はとぎ汁でした。最近になって澡豆を使えていたんです」

雨妹が尋ねると、鈴鈴がそう答える。

「そこから石鹸へ変わったということか。となるとつまりは、石鹸で髪を洗った後の手入れをしていないせいだね」

雨妹の導き出した答えに、鈴鈴は目を瞬かせる。

「石鹸って、使ったら手入れがいるんですか？」

「初耳！」という顔をしているということは、石鹸を使う人がそういう手入れをしているのを、見たことがないのだろう。

とぎ汁や澡豆で洗髪しても、特段髪が傷むなんてことはない。むしろビタミンなどの栄養素が含まれているので、洗った後の髪がしっとりと仕上がるのだ。

一方石鹸で洗髪すると、どうしても髪がギシギシになってしまう。これは石鹸のアルカリ性である特質のせいで、髪の毛の表面の鱗《うろこ》状になっている部分が開いてしまうからだ。これを閉じるには酸性の酢酸で手入れすればいいのだが、素人が石鹸のアルカリ性と酸性の調節をするのは、案外難しかったりする。

――鈴鈴の貰った石鹸が、どんなのかわからないしね。

それにシャワーも蛇口もないここでは、洗髪は大変な作業だ。そこに酢酸を使えば、すすぎにどれだけの水を汲《く》まねばならないのか。洗髪はできれば一度のすすぎで終えたいところだ。

しかし雨妹はそういった詳しい説明はせず、簡単な事実だけを告げる。

「皿とか肌を洗う分には必要ないんだけどね、石鹸って、髪を洗う時だけは手入れがいるんだよね。だから石鹸は別で使った方がいいかも。顔とか身体を洗う分には優秀なんだし」

「そうします。じゃあ、やっぱり澡豆かぁ。でも、姉さんたちに馬鹿にされそう……」

ちょっと落ち込んでしまった鈴鈴に、雨妹も「あぁ～」と呻《うめ》く。

石鹸が洗髪に不向きなのはともかく、高級品であるのは確かなのだ。高級品が身体に合わないとなると、「貧乏人だから」とか言われそうだ。

というか、その姉さんとやらも鈴鈴と同じく髪がパサついているはずだが、彼女は髪を纏《まと》めるのに油で固めているせいで、傍目《はため》にわからないだけなのだろう。鈴鈴は若いせいで髪を降ろしているので、パサつきが目立つのだ。

——石鹸で洗髪している人たち、ちゃんとすすいでいないと将来禿《は》げても知らないからね。

石鹸のすすぎ不足で残る石鹸カスは、案外害悪になり得るのだ。

そんな誰かの未来の脱毛の心配はおいておくとして。今は鈴鈴のためにできることを考える。

——澡豆が貧乏臭いっていうので馬鹿にされるなら、どんなので洗っているのかわからなければいいんじゃないの？

「ねえ鈴鈴、だったら姉さんたちが知らないもので洗ったら、なにも言われないんじゃない？　例えば蜂蜜《はちみつ》とか」

雨妹の意見に、鈴鈴が「なにを言っているんだろう」という顔になる。

「蜂蜜って、食べるものでしょう？」

確かに、蜂蜜は美味しい甘味である。雨妹的には揚げ饅頭《まんじゅう》に絡めて食べるのがすごく好きだ。

しかし今はそういうことではない。

「ところがね、蜂蜜は洗髪剤に使えるんだな。あ、でもこの辺りだと高価になるかぁ」

辺境にいた時みたいに、「ちょっとそこらで蜂蜜採ってこよう」というわけにはいかない。

けれど、鈴鈴がこれに笑顔で告げた。

「私、田舎の出なので蜂蜜はよく食べてましたよ。今も実家が届けてくれるんですけど、冬前に貰ったのがまだ残っているんですよね。暖かくなったら新しい蜂蜜を貰えるんで、古いのを使っちゃおうって思ってたんです」

なんと、鈴鈴は蜂蜜が手に入りやすい境遇だという。鈴鈴の田舎の里は養蜂をしているようで、採れた蜂蜜を都へ売りに来るらしく、その際に鈴鈴に届けてくれるのだそうだ。

ならばこれは、鈴鈴にうってつけの方法である。

「じゃあそれを使えたらちょうどいいかもね。なんなら、今から作ってみる？」

そんなわけで雨妹たちは、おやつを食べたら鈴鈴の洗髪剤を作ることにした。

作る場所は、雨妹の部屋でとなった。鈴鈴は今私服姿なので、宮女たちの宿舎に紛れてもそう目立たないだろう。

「ふわぁ……」

鈴鈴は初めて入る雨妹の部屋に感心の声を上げる。

「ここが、噂の元物置部屋ですか？　そうは見えませんね。居心地よさそうです！」

――お、鈴鈴ってばわかってる！

立彬と違って「狭い」と言わず、この部屋の良さをわかってくれる鈴鈴に、雨妹は気分がよくなる。

「偉い人からすると狭いらしいけど、元々そんな立派なところに住んでいない私からすると、これくらいでちょうどいいんだよね。なにより幸運にも手に入れられた一人部屋だし」

「あ、それわかります」

鈴鈴がコクコクと頷く。

「私も実家だと部屋はそこそこ広くても、兄弟たちと一緒くたに詰め込まれていたんで。狭くても一人だけの空間って憧《あこが》れました。だから幸運にも玉秀様付きになれて、一人の部屋が貰えて嬉《うれ》しくって」

「そうなんだぁ、誰にも見られない空間っていいよね〜」

どうやら鈴鈴は大家族で育ったようだ。

そんな風に部屋観察が終わったら、早速洗髪剤作りに取り掛かる。

「えっと、これが言われたものですけど」

鈴鈴がそう言って床の上に並べたのは蜂蜜と澡豆、ついでに石鹸だ。

「なるほど、石鹸ってこういうのかぁ」

雨妹は石鹸を手に取ってみる。石鹸は固形で、匂いを嗅《か》ぐとちょっと独特の香りがするのは、石鹸に使われている油のものだろうか。

「でもこの石鹸、どうするんですか？」

鈴鈴は何故《なぜ》石鹸を持ってくるように言われたのか、理由がわからない様子で首を捻《ひね》っている。

「ちょっと改良をしようと思ってね。なにをするかっていうと、石鹸を一度溶かして蜂蜜を混ぜて固め直すんだけど。石鹸に蜂蜜を足すとね、使った感じがよくなるんだよね」

「そうなんですか⁉　っていうか石鹸って溶かせるものなんですか⁉」

鈴鈴は石鹸を溶かすということに驚いていた。どうやら、こういう材質の石だと思っているようだ。

「石鹸って実は油の塊だからね？　それに汚れを落とす成分を混ぜて、こんなにカッチカチにしているってわけ」

雨妹は石鹸を突《つっ》きながら告げる。今はまだ涼しいので石鹸が硬い状態だが、これが夏場の気候になると溶けて緩くなるだろう。

「なんのために混ぜるのかっていうとね、蜂蜜は潤い効果があるからで、そうすることで石鹸を使った後の乾燥が和らぐと思うよ」

「潤い！　洗い物の後の手荒れがよくなるんだったら、ぜひ混ぜたいです」

手荒れする体質の鈴鈴にはなにより嬉しい効果らしく、パアッと明るい表情になる。

「よぅし了解、でもその前にこっちか」

そう言って雨妹は石鹸を床に戻し、まずは澡豆と蜂蜜、そして器に汲んできた水を目の前に並べる。

「これが洗髪剤の材料ね」

説明して早速作り始めるものの、澡豆と蜂蜜の洗髪剤の作り方は非常に簡単で、澡豆と蜂蜜と水を混ぜるだけ。これで十分に洗髪剤として効果があるのだ。

「はぁ～、これで洗髪剤が……」

あっと言う間に出来上がった蜂蜜洗髪剤が瓶に詰められるのを見て、鈴鈴が呆《ほう》けている。

「前に貰《もら》った化粧品もそうでしたけど、雨妹さんが作るのって簡単なんですねぇ」

感心してくれるのは有り難いが、雨妹は単に材料や作り方が難しいと覚えられないから、簡単なのしか作れないだけだったりする。

「これを使う時は、水ですすぐ時に蜂蜜の匂いが無くなっているかが目安ね」

「わかりました！　私でも作れそうだし、今から髪を洗うのが楽しみです！」

鈴鈴の気分が盛り上がってきたところで、次に取り掛かるのは石鹸《せっけん》だ。

「まずは溶かしていくね」

そう言って雨妹はまず石鹸を削って粉状にする。その間に鈴鈴にお湯を沸かしてもらう。

「この粉の石鹸とお湯を混ぜれば、溶けるから。ここに蜂蜜を入れるの」

説明しながら粉石鹸にほんの少量お湯を加えて混ぜ、しっかり練ったところへ蜂蜜を加える。

「これをもう一度固めてやれば、蜂蜜石鹸の完成！」

雨妹は固め直すためにあらかじめ用意していたお椀《わん》に液体状の石鹸を注ぎ入れる。このまま冷えて固まるのを待つだけだ。

「わぁ、蜂蜜の香り！」

鈴鈴がまだ温かい石鹸の香りを嗅ぐ。確かに蜂蜜の消臭効果の賜物か、あの独特の匂いが消え、甘い香りの石鹸に変化していた。

――蜂蜜の香りが強いのかな？　きっといい蜂蜜なんだな。

これはそんな蜂蜜を手に入れられる、鈴鈴ならではの石鹸だろう。

「蜂蜜を加えた分、石鹸がちょっと柔《やわ》くなっているけど、性能は問題ないよ。まだ固まっていないから、お椀ごと持って帰るといいし。そうそう、固める時に寒天みたいに形を変えられるから、好きな形の石鹸を作れるからね。でも自分で作る時に、蜂蜜の入れ過ぎには注意ね」

「へぇー、わかりました。確かにこんな風にお椀に入れて丸くしたら、なんだか可愛いです」

雨妹の解説に、鈴鈴が感心して石鹸入りのお椀を手に取ると、あらゆる角度から石鹸を観察していた。

――気に入ってくれてなによりだよね。

すっかり気分が上がっている鈴鈴に、雨妹もホッとする。やはり小動物系宮女な鈴鈴は、笑顔が似合うのだ。

「後で使い心地がどんなだったか教えてね。あ、お礼だったら蜂蜜がいいな！　ここだと高価なんだもの。砂糖の甘さも好きだけど、蜂蜜も美味しいよね」

真面目な鈴鈴が気にしないように、雨妹は自分からお礼の品を指定する。すると鈴鈴が目を丸くした後、可笑《おか》しそうに笑って言った。

「わかりました、早速今日にでも使ってみます。それに今度春採れの蜂蜜が届いたら、大瓶の蜂蜜を贈りますね」

「やった！　蜂蜜でなにを食べるか、今から考えとかなきゃ！」

というわけで、こんな風にしてその日のおやつ会は終了した。

それから二日後。

鈴鈴から「会いたい」という手紙が届いた。きっと律義な鈴鈴のことだから、蜂蜜洗髪剤のことを直接伝えたいのだろう。

——どうだったかな？　多分パサつきはよくなっていると思うんだけど。

悪い報告でなければいいな、と考えながら待ち合わせ場所に行くと。

「雨妹さん！」

元気いっぱいに手を振る鈴鈴がいた。あの様子からすると、悪い話ではなさそうだ。しかも髪に前回よりも艶《つや》があるように見える。

「鈴鈴、どうだった？」

「はい、おかげで髪が艶々になりました！　石鹸もいいですね、使っても手がしっとりして」

尋ねる雨妹に、鈴鈴は大興奮だ。髪のパサつきがよくなったのと、手の乾燥が和らいだのがよほど嬉しいらしい。

——うんうん、鈴鈴はこうでなくっちゃね！

心なしか髪型のお団子が、ハムスターの耳みたいにピクピクしているように見える。

その後も、まだまだ洗髪剤と石鹸のすばらしさを語っていたが。

「あの、それでですね」

鈴鈴が突然、改まった態度になる。

——え、なに？

急に態度が変わった鈴鈴に、雨妹も身構えていると。

「この蜂蜜の使い方を、里の家族に教えてあげたいんです。里で蜂蜜をこんな風に使う人なんていなかったですから、これを知ったらみんな驚くだろうなぁって思って」

——なんだ、そんなことか。

予想と違う話に、ホッとした雨妹は告げる。

「そんなの、教えてあげればいいじゃないの」

「……教えていいんですか？」

あっさり言われた鈴鈴が、まだ窺《うかが》うような顔をした。どうやら鈴鈴は、雨妹の許可がないと教えられないと考えたらしい。真面目な彼女らしいことだ。

「もちろんいいよ。私は商人と揉《も》めたくないだけで、別に秘匿しているわけでもなんでもないし。私の名前は出さないでくれると嬉しいけど。あ！　もちろん江貴妃からなにか言われたら、教えていいんだからね⁉　そのあたりを説明してもらえればいいし！」

雨妹は頷《うなず》きかけて、化粧品の時の騒動を思い出して付け加えた。鈴鈴は律義な娘なので、ちゃんと言っておかないとまた繰り返す気がする。

「はい、ちゃんとその通りにします。でもありがとうございます！　里では広い大豆畑があるので、澡豆はたくさん手に入るんです。だから家族もきっと喜びますよ！」

鈴鈴が神妙に頷いた後で、嬉しそうに言う。

髪の手入れはどこの誰でも気にすることなので、いい洗髪剤が簡単に手に入るとなると、家族も嬉しいことだろう。それにしても養蜂をやっていて大豆畑があるとは、なんてうってつけな里だろうか。

「へぇ〜、じゃあ大々的に洗髪剤を作って大きな街とかで売ればいいのに」

この意見、雨妹としてはさほど難しく考えて言った言葉ではなかった。たくさん作れるなら売れるな、という程度だ。

「売る……！」

しかし鈴鈴は、まるで雷に打たれるような衝撃があったみたいな顔で固まった。

「そうですよね、これって蜂蜜の新しい使い方ですもの、普通に売るよりも売れるかも！」

いつも大人しい鈴鈴が立ち上がって興奮するのに、雨妹は驚く。

「鈴鈴、どうしたの？」

「……ありがとうございます。雨妹さんはもしや仙女様ですか⁉」

そう叫んだ鈴鈴が、今度は泣き出した。

「はいっ⁉」

——仙女って、どうしたの鈴鈴⁉

正気を疑う雨妹に、鈴鈴が涙ながらに語るには。

「私の故郷は、都から五日ほどの距離にある山の中の田舎なんですけど」

なんでも土地のせいか農作物の育ちが悪く、作物は大豆くらいしか育たないので、食べるために養蜂をしているのだという。

「でも、蜂蜜《はちみつ》ってあんまりお金にならなくて」

何故ならば蜂蜜は、都までわざわざ運ぶ手間賃を足せばどうしても高価になってしまうし、荷車など使えない個人が運べる量もたかが知れている。しかも都では砂糖が甘味料として出回っており、そちらの方が安い。なので蜂蜜はあまり売れず、好事家が買う程度なのだという。

「蜂蜜って身体にいいのにねぇ」

辺境で蜂蜜に助けられた雨妹としては、ぼやきたくなる。

日本で蜂蜜は美容と健康に良いスーパーフードだが、この国ではそういう栄養を科学的に実証するのが難しい。そうなると単なる甘味料の一種でしかないわけで、なんとももったいない話である。

雨妹の言葉に、鈴鈴も頷く。

「蜂蜜のおかげで里の人は貧しいけれど元気でいられるんだと思うんです。ただ昔から、蜂蜜は赤ん坊に食べさせるなって伝えられていて。蜂蜜と大豆くらいしか採れない里では、赤ん坊に食べさせるものが少ないので、ある程度まで大きくなるのは大変なんです」

「あ〜、なるほどね」

蜂蜜には、体内の免疫が整っていない赤ん坊には対処できない菌がいる。運が悪いと死んでしまうこともあるので、それが伝わっているのだろう。

そして里の者が貧しくても元気であるとはいえ、それは最低限の栄養をとれているという程度なのだろう。だから母親が赤ん坊にお乳を飲ませて育てると、栄養が足りなくなるのかもしれない。

母親のお乳の出が悪くなると、当然赤ん坊には他の食事が必要になってくるが、その食事を得るのが難しいということか。

「それでも子供が大きくなれたところで、そもそもがあんまり豊かなところじゃないから、口減らしが多くって。でももしこれで稼げるなら、家族が揃《そろ》っていられると思うんです。私みたいに売られる子供が、減るといいなぁ……」

悲しそうな、しかし期待を込めた鈴鈴の声が、雨妹の心にぐっとくる。

——鈴鈴は売られて来たのか。

ここにはそういう事情の女は多いとはいえ、やはり憐《あわ》れである。そして自分が不幸になったら、他人も不幸になればいいと考える人は、案外多いものなのに、家族には幸せでいてほしいと願う、鈴鈴の気持ちが尊い。

ここで力にならずして、友達であると言えるだろうか？　雨妹は立ち上がり握りこぶしを空に突き上げて言った。

「よぅし！　だったら鈴鈴、早いもの勝ちよ！」

「……はい？」

今度は鈴鈴が驚く番だった。

「え、早い者勝ちって、なにがですか？」

「だから、蜂蜜の洗髪剤よ！　こんなに材料も作り方も簡単なんだもの。今作っていなくったって、いずれ誰かが作ると思うんだよね。だって、混ぜるだけなんだよ？『ちょっと混ぜてみようかな』

とか思う人は、きっとどこかにいると思うのよ」

「……確かに、言われてみればそんな気がします」

雨妹に熱弁を振るわれて、鈴鈴がコクコクと頷く。

「だから、新しいうちに売る！　そして後出しの真似《まね》っこ商品に負けないように、『ナントカ里印』とかの売り文句をつけるの！」

前世のテレビショッピングでよく見られたやり方だが、これはどの世界でも通用する手口だと思う。

これを聞いた鈴鈴の目が希望に輝いていた。

「すごいですね雨妹さん、なんだか売れる気がしてきました！　私、早速家族に手紙を書きます！」

そろそろ春採れの蜂蜜を売りに都に出てくる時期だそうで、話をするにはちょうどいいらしい。

「そうだね、蜂蜜洗髪剤を売るにしても、まずは品物を作らなければ始まらないし」

ちなみに里では読み書きができない住人がほとんどだそうで。手紙を出しても鈴鈴の家族は読めないのだが、それを里に一人だけいる読み書きができる人に代読してもらうのだという。

このあたりは雨妹が育った辺境と同じである。尼寺で読み書きを教わった雨妹以外では、里長くらいしか読み書きはできなかった。

ちなみに他の里の者同様に読み書きができなかった鈴鈴は、少しでも出世して仕送り金を増やすために文字を覚えたのだというから、勤勉な娘である。

——その勤勉さが、太子殿下の目に留まったのかもね。

けれどそんな鈴鈴と雨妹は、商売となると素人である。できれば誰かに助言を貰《もら》いたいところだ。商売の伝手《つて》があればもっといい。

「私も商人のアレコレには疎いし、ちょっと誰かに相談してみるわ」

「本当ですか⁉　ありがとうございます！」

そんな会話をしてから、その場は解散となった。

＊＊＊

ある日、太子宮にて。

「立彬様、手紙が届いております」

立彬こと立勇《リーヨン》は、そう宮女の一人に呼び止められた。どうやらちょうど手紙を運んでいたところだったようだ。

「ああ、貰おう」

立勇は手紙を受け取るとその場では確認せずに懐へ入れ、明賢《メイシエン》の元へと行く。そこであれやこれやをしているうちに手紙のことをすっかり忘れ、思い出したのは夕食前だった。

――そういえば、なんだったのだ？

立彬は手紙を確認しようと、人目のない外に出る。どうせ明賢の側近へ近付いて、あわよくば明賢の目に留まろうという輩《やから》だろうと思い、乱暴に手紙を取り出すと。

「うん？」

手紙を送ってきたのは、予想外の人物だった。

「雨妹？」

まさかの、あの雨妹からである。読み書きはできるのだろうと思っていたが、まさか手紙を寄越《よこ》してくるとは。雨妹は読み書き能力を隠していたのではなかったのか。敢《あ》えて言わないだけで、隠し立てするようなことでもないということか。

封を開けて見ると、文字はあの呑気《のんき》な様子からは少々意外な、几帳面《きちょうめん》で綺麗《きれい》な字である。これは教えた者の手本が良かったのかもしれない。雨妹に文字を教えたとなると、辺境の尼だろうか。

そんなことを考えながら手紙の内容を読めば。

『助けてください、お願いします』

「はぁ!?」

思わず大きな声を出してしまった立勇を、通りかかった者が不思議そうに見ていた。

＊＊＊

「で？　なんなのだ？」

雨妹は現在、不機嫌そうな立彬から威圧気味に見下ろされていた。

ここは太子宮近くの庭園である。雨妹が立彬に手紙を書いたら思ったよりも早くに返事があり、待ち合わせ場所にここを指定されたのだ。

——こういう相談って、やっぱりこの人になるんだよね。

なにせ雨妹の知り合いで唯一宮城の外に繋《つな》がれるのが、この太子付きの宦官《かんがん》なのだから。これを楊や美娜に相談しても親身になってはくれるだろうが、後宮に縛られる身分であるゆえに、外へ直接繋がる伝手を得るのは難しい。その点、妃嬪ではなく太子付きの宦官である立彬ならば、太子自身の出入りに伴って後宮の外へ出ることが可能だ。

ちなみに外に繋がるとなると太子も当てはまるのだが、さすがの雨妹も太子に商売の話を相談する度胸はない。

もちろん本日分の仕事も手早く終わらせてきた。猛烈な勢いで掃除をするのを、他の宮女たちから「何事か」という目で見られたが。

そんなことよりもまずは、この不機嫌そうな目の前の男を懐柔しなければならない。出会い頭から、何故だか知らないが機嫌が悪いことであるし。

「まあまあ立彬様、まずは座って饅頭《まんじゅう》でも食べましょうよ」

雨妹は手ごろな石が見当たらないので、仕方なく持っていた布を地面に敷いて勧める。しかし立彬は汚れるのを気にしないようで、地面に直接ドカッと座った。使われなかった布の上には、仕方ないので雨妹が座り、持っていた包みを隣に置く。

「どうぞ、美娜さん特製饅頭ですよ！」

そして美娜からいつもより余計に貰った饅頭を、包みから出して笑顔で差し出すも、立彬がジト目で見る。

「お前から食い物を貰うとは、怪しいのだが」

「失礼ですね。まるで食べ物を独り占めする食いしん坊みたいに言わないでください！　私だってちゃんと美味しいものは分け合えるんですから！」

雨妹はさすがに言い返す。ただ饅頭が三つあったなら、一つだけ分けて自分が二個を食べるかもしれないが。

しかし立彬は文句を言ったものの饅頭は受け取り、しばし二人で無言で頬張る。その無言が妙に緊迫感があり、先だっての鈴鈴とのおやつ会とは大違いだ。

「立彬様、なんか機嫌悪いですか？」

饅頭を飲み込んだ後で、とうとう雨妹は聞いてみると。

「……雨妹お前、字が書けたんだな」

しかし立彬からはしばしの沈黙の後、違う話をされる。

――え、そこ気になる？

雨妹は一瞬きょとんとしてしまった。

「そういえば言ってませんでしたっけ？　でも私としては、特に自慢したい能力ではないんですよね」

むしろ読み書きができるからと内勤系の仕事に回されたら、後宮ウォッチャーとしての行動範囲が狭くなり、損しかしない気がする。なので敢えて言わないでいる、というのが正しい。

この雨妹の答えに、立彬は「なるほど」と短く呟《つぶや》くと。

「それで、どういう話なのだ?」

突然本題を切り出してきた。

「あ、実はですね」

不機嫌そうな立彬を刺激しないように、雨妹は蜂蜜洗髪剤について手早く簡単に説明する。鈴鈴が石鹸《せっけん》を貰ったものの髪がパサパサになったと悩んでいたこと。解決策として蜂蜜洗髪剤を作り、石鹸にも蜂蜜を足して乾燥対策をしたこと。これらの使用感がよくて、里にいる家族のためにも売り物にならないかと考えたこと、などと話す。

ざっとした話の流れを聞いた立彬が、「ふぅ~」と深く息を吐いた。

「雨妹よ、そうならそうと書けばよいものを。あの文面は誤解を生むだろうが。おかげで非常に面倒臭いことになったぞ」

「……そうなんですか?」

どうやら雨妹がしたためた手紙がなにかまずかったらしい。自分としては詳しくは直接説明した方がわかりやすいかと思って、ただ手助けが欲しいという手紙を書いたつもりだったのだが。

「まあそれはもういい。で、商人でも紹介してほしいというのか?」

「あ、鋭いですね! だって田舎の人が直接都で売ろうとしても、騙《だま》されたり値切られたりして、絶対に上手《うま》くいかないと思うんですよね。それよりも、信用のおける商人に任せた方が、相場とかも考えて上手く売ってもらえるんじゃないかと」

この雨妹の考えに、立彬が眉間《みけん》に皺《しわ》を寄せる。

「その通りではあるが。雨妹お前、商売に詳しいな？」

立彬の突っ込みに、雨妹はヘラりと笑う。

「そうですか？　辺境からここまでの旅の間に知ったんですよ」

そしてそう誤魔化しておく。前世は看護師だったが、実家は商店を営んでいたので、ちょっとは商売がどんなものかがわかるのは内緒である。

そんな雨妹の前世事情はおいておくとして。

「だが、まずはその蜂蜜《はちみつ》洗髪剤とやらがどんなものかを、私が見ていないのでなんとも答えられん」

当然と言えば当然な話に、雨妹は置いていた包みに手を伸ばす。これに入れていたのは饅頭だけではないのだ。

「そう言われると思って、作っておきました！」

雨妹は小瓶に入れた蜂蜜洗髪剤を取り出す。これは先日蜂蜜と澡豆を少しだけ分けてもらっておいたのを、朝混ぜてきた作り立てだ。蜂蜜に水を加えると劣化が早まるので、用心のためである。

「一応材料配分と作り方も聞きます？　あ、蜂蜜石鹸はないんですよね。さすがに石鹸が手に入らなくて」

宿舎暮らしの宮女には、石鹸なんて高嶺《たかね》の花《はな》。誰も持っていないので買い取ることすら不可能な品なのだ。

これに、立彬が「そうか」と頷《うなず》く。

「では作り方も教えてもらおう。そしてすぐに石鹸を送るので、そちらも作っておいてくれ。……いや、工程を知りたいので私が訪ねよう」

「はぁ、わかりました」

さすが太子の側近、石鹸を入手するのは難しくないらしい。そして石鹸作りを見たいという。

そんなわけで雨妹は石鹸加工に必要なものを伝え、立彬との話し合いも終了した。

＊＊＊

想像通りなようで想定外だった雨妹との話を終えた立勇は、すぐに太子宮へ戻ったのだが。

そこでは明賢が秀玲《シオウリン》と共に待ち構えていた。

「お帰り、立彬。で、なんだったのかな？」

そしてすぐに本題を聞きたがる明賢の目は、明らかに面白がっていた。

——全く、一体なにを期待しているのやら。

これこそ、雨妹の手紙が招いた「面倒事」である。

「蜂蜜の有効利用について、議論をしました」

立勇が真実を話すと、明賢は目を瞬かせる。

「……蜂蜜？　あの娘のことだから甘味の話かい？」

自然な話の流れを予測する明賢に、しかし立勇は否定する。

「いえ、違います。洗髪剤の話です」

これを聞いた明賢が目を見張る。そして秀玲に目をやるが、あちらも「わからない」と言いたげに首を振る。

「蜂蜜と洗髪剤とは、突飛過ぎて繋がらないんだけど？」

明賢の意見に、立勇もそれはそうだろうと思う。むしろこれで「わかった」と言われた方が驚きだ。立勇とて、話を聞いた時はなんのことだと思ったのだから。

驚く明賢と秀玲に、立勇は雨妹の説明をそのまま告げると。

「はぁ〜」

聞き終えた明賢が息を吐いた。

「それで『助けて』だったのか。全く、あの娘らしいといえば、らしいのかな」

明賢が苦笑する一方、秀玲が不満そうな顔をする。

「ちょっとつまりませんわね、面白い話が聞けなくて」

——母上、一体なにを期待しておられたのですか。

言ってやりたいが、言ったとしても答えはわかりきっているので、敢えて墓穴を掘ることはしない。この話題は先だって散々やったのだから。

「でも、その洗髪剤とやらには興味がありますわ。以前の化粧品、あれもすごくいい出来でしたもの」

雨妹が以前作ってみせた化粧品の愛用者となっている秀玲が、一転してウキウキした様子となる。

実はあの時の化粧品で、唯一立勇が使いそうにない唇用軟膏《なんこう》を秀玲に譲ったのだが。

『なんなのこれは⁉　どこから手に入れたの⁉』

凄《すご》い勢いで詰め寄られてからあれ以外の化粧品も催促され、その後ずっと使っていた高価な化粧品を宮女の一人に全部あげてしまったくらいに、あの安価な材料で作られた化粧品を気に入ってしまったのだ。

――あれこそ、材料がバレなければぼろ儲《もう》けだな。

そう思いながら、立勇は雨妹から受け取った小瓶を取り出す。

「これが洗髪剤です。材料は蜂蜜と水と澡豆だそうで、蜂蜜は鈴鈴の故郷のものだとか」

「鈴鈴の里は、確か山深い場所だったよね？」

明賢が鈴鈴を江貴妃付きに選んだ際に確認した書面の内容を確認しながら、小瓶を手に取る。

「はい、雨妹が本人から聞いた話では、養蜂と大豆畑くらいしかない里だそうで。家族が貧しい暮らしを脱するために、これを売り物にして収入とすることを希望しているそうです」

立勇が説明する間にも、明賢は小瓶を開けて中身の匂いを嗅《か》いでいる。蜂蜜の香りがこちらまで香ってくるので、きっといい蜂蜜なのだろう。

「これに、それだけの価値があるってことかい？」

「少なくとも、鈴鈴はそう感じたようですね」

立勇もまだ試していないのでなんとも言えないでいると、「しかし」と秀玲が口を挟んでくる。

「鈴鈴の故郷のような山間《やまあい》の里は、きっと他にもあるのでしょうね」

これに、明賢も「確かに」と応じる。

「この国の土地全てが、耕作に向いているわけではないからね。けれどだからといって、土地に住む者が余所《よそ》に移るのは難しい。養蜂をしているのはそんな里だろう。そうした里に、新たな仕事が生まれるのはいいことだ」

明憲はそう話して、一呼吸置いた。

「では秀玲、いつもの商人を呼んでおいて。でもまずは使ってみないことにはね」

そう言って目を輝かせている明賢は、どうやら自分で試す気らしい、もちろんそうはいかない。

「そうなるから、前回は私が事前に密《ひそ》かに試したのですがね。明賢様自ら試されるのは駄目です。母上にも万が一があっては困ります。だからある程度の耐性のある私が試すのですよ」

立勇はそう言うと、明賢の手から小瓶を取り上げて蓋《ふた》をする。これに明賢は「仕方ないな」という顔になるが、未《いま》だ不満そうなのが秀玲だ。

「ちょっと、試したらすぐに私に渡すのよ！」

「作り方を聞いておりますので、試した後にお教えしますからご自分で作ってください。これは私が貰《もら》ったものですので」

そう言って小瓶を懐に仕舞う。

洗髪に悩むのは、なにも女だけではないのである。

＊＊＊

その翌日、早くも立彬が訪ねてきた。しかも雨妹の掃除先へである。

——いつもいつも、よく私の居場所がわかるなぁ。

偶然とは考え難《にく》いので、楊から情報を貰っているのかもしれない。

それはともかくとして。立彬は石鹸と蜂蜜を持ってきていた。

「この石鹸の半分と、蜂蜜の使った余りは貰っていけ。作製の礼代わりだ」

「うわお、太っ腹ですね！」

さすが太子付き、石鹸は惜しむものではないようだ。蜂蜜も小瓶にたっぷり入っている。

——でも正直、蜂蜜は鈴鈴が持っていたものの方が香りがよかったな。

蜂蜜は蜂が集める蜜を湛《たた》える花の香りなので、鈴鈴の里はきっと綺麗《きれい》な花畑があるのだろう。それでも貴重な甘味の元には違いないので、ありがたく貰っておこう。

それはともあれ、雨妹は早速蜂蜜石鹸を加工することにする。

石鹸加工に必要なお湯を沸かすのに水と火が必要なのだが、幸いこの近くに塵《ちり》を焼却するのに使う場所があり、水と湯を沸かす鍋《なべ》も立彬が持参していた。そこで湯を沸かす間に、雨妹はちょっと工作することにする。

——せっかくだし、型紙を作って石鹸を可愛い形に固めてみようかな。

そんなわけで既に食べ終えたおやつを包んでいた油紙で、花の型紙を作ってみた。この可愛い花の形の石鹸《せっけん》を立彬が使うのかと思うと、微笑《ほほえ》ましい気持ちになる。

ちなみに自分の分は、ちょっと不格好だが猫の形にしてみた。小さな型を複数作ってあるので、いつもお世話になっている美娜に一つお裾《すそ》分《わ》けするのもいいだろう。

「なんだ、それは」

「後でのお楽しみです」

敢えての説明後回しだ。もし形が気に入らなければ、また溶かして固め直せばいいのだから。

雨妹がそんなことをしている間、立彬には石鹸を削ってもらっている。

そんなことをしているうちにお湯が沸き、石鹸に加えて柔らかくなったのを練っていく。

「……石鹸とは溶けるのか」

液状になった石鹸に驚く立彬だが、彼は鈴鈴よりも石鹸が身近だと思うのだけれども。

「石鹸って沐浴《もくよく》場に置いていると、柔らかくなりません？」

雨妹の疑問に、立彬は首を横に振る。

「いや、私は使わない。匂いがどうも苦手でな。この石鹸は明賢様が用意したものだ」

そんな答えが返ってきた。確かにこの石鹸は独特の臭みがあるので、嫌う人はいるかもしれない。加えてどうやらこの件は、やはりというか、太子も承知のことであるようだ。

――鈴鈴、なんか大ごとになってきたみたいだよ。

心の中で鈴鈴に謝る。彼女の「恐れ多い！」と震える姿が目に見えるようだ。

そんなやり取りをしている間に、液状の石鹸に蜂蜜を加え、よく混ぜてから板の上に並べた型紙に注ぎ入れる。

「これで固まれば完成です」

「……先程工作していたのはこれだったのか。だが、なんのためにだ？」

心底謎だという顔の立彬に、雨妹は理由を告げる。

「四角や丸いのを作ったって、つまらないじゃないですか」

「つまらないでこういうことをするのか、お前は」

呆《あき》れ顔《がお》の立彬だが、なんと遊び心のない男だろうかと雨妹は思う。

「だって、可愛い方が気分が上がるでしょう？」

「……気分」

雨妹の意見に、立彬はじっと花の型紙に注がれた石鹸を見つめている。どうやらこの気持ちが理解できないようだ。

「まあ、不満であれば今なら丸にできますけど。まだ石鹸が柔らかいので、型紙を解いて丸にしてやるだけでいいですから」

型紙を突《つつ》きながら言うと、しかし立彬は「いや」と首を横に振る。

「このままでいい。石鹸が柔らかくなるという証《あかし》になるからな、明賢様に理解してもらいやすいだろう」

「なるほど、そういう面もありますね」

——それに、太子殿下にはウケるかもしれないし。

そう思うものの、そもそも目的は太子のウケ狙いではなかったことを思い出す。

「それで、これって商人に紹介できますかね？」

雨妹が尋ねると、立彬が「ふむ」と一つ頷いた。

「十分だろうな、こうした用途に蜂蜜《はちみつ》が使えるなど、私も知らなかった。だから新しいことは間違いないし、商人は新しいものに目がないものだ」

「おぉ、やったぁ！」

雨妹は飛び上がって喜ぶ。

——よかったね鈴鈴、上手くいきそうだよ！

早速部屋に帰ったら鈴鈴に手紙を書こうと考えていると。

「雨妹よ」

改まった声で名を呼ばれ、振り向くと立彬が鋭い視線でこちらを見ていた。

「なんですか？」

なにか真面目な話だろうかと、雨妹はきちんと向き直って応じる。

「雨妹、お前は他人のために何故ここまでする？」

すると、立彬が静かにそう問うてきた。

「なんでって……」

そんなことを深く考えたこともなかったので、雨妹は首を捻《ひね》ってしまう。

「他者への奉仕が生きがいなのか？　しかし奉仕しても感謝ばかりが返るとは限らんのだぞ」

そこへさらに畳みかける立彬の言葉は、問いかけのようで忠告にも聞こえる。

——言い方が大げさだなぁ。そういえば鈴鈴も、「仙女様」とか言ってたっけ。

鈴鈴にしても立彬にしても、どうやら雨妹の行いが無償の愛を振りまく仙女みたいに見えるらしい。

だが生憎《あいにく》と、雨妹はそんな天上の存在になったつもりはない。

「奉仕が生きがいとか、ナイナイ。私だって、全く知らない赤の他人のためにここまでしませんって」

雨妹は敢えて軽い調子で片手をヒラヒラと振った。

「鈴鈴とは仲良しで、たまたま蜂蜜を使った知恵を持っていたから、それを伝えた。それだけです」

「それだけ、ねぇ」

そう聞いてもなお懐疑的な立彬に、雨妹は続ける。

「私は目の前で、私の力で助けられる人がいたならば助けます。だって見捨てたら、私は案外意気地なしなので、ずっとウジウジしちゃうんです。そうしたら、ずっとご飯が美味しく食べられなくなるじゃないですか！　そんな人生は楽しみが半減ですよ！」

そう、雨妹は他者のために自己犠牲を払っているわけではない。むしろいつだって、自分のために生きている。

この言葉に立彬は目を丸くした後、深く息を吐いた。

「……なるほど、よぉくわかった」

どうやら、今度は納得してくれたようだ。

「では商人の件、よろしくお願いしますね！　あ、そうだ。手紙に全部書くと多分鈴鈴が萎縮しちゃうので、太子殿下がどうのという話は内緒でいいですか？」

鈴鈴の心の平穏のために、雨妹はこれだけ確認すると、立彬も頷《うなず》いた。

「それは構わん。元々今回、明賢様の御名は表立って出さないつもりだからな。でないと鈴鈴の里のある地を治める一族から、皇族の横槍《よこやり》が入ったと反発が出ることになる」

「はぁ、偉い人同士の話ってわけですね」

雨妹は「商人と取引できたら楽だよね」程度の認識だったのだが、偉くなると政治的な均衡も考えねばならないらしい。

「鈴鈴には私の方からも話をしよう。里へ向かう商人に持たせる手紙を書いてもらわねばならん。でないと里の者が怪しむだろうからな」

「あ、里の人がもうすぐ春採れの蜂蜜を持って都に出てくるらしいですよ。春採れの蜂蜜って、香りがいいんですよねぇ。私、貰う約束しちゃったんで、コレも貰えるとなると蜂蜜三昧《ざんまい》できちゃいますよ」

春はなんと言っても花の季節だし、蜜蜂も産卵で活発になる。結果、蜂蜜が美味しいというわけだ。

それに蜂蜜は混ぜ物をしなければ保存が利くので、これでしばらく甘味に困らない生活である。

饅頭《まんじゅう》にかけて食べたら美味しいし、美娜にこれでおやつを作ってもらうのもいい。楽しみが広がるというもの。

「そういえば、お前が作った洗髪剤は蜂蜜の香りが良かったな」

楽しみ過ぎてにやける雨妹を見て、立彬がそう零《こぼ》す。

「あ、やっぱりそう思いますか？　環境の差なんですかね？」

「養蜂のことはよくわからんが、質が良いのなら買っておいて損はないな。鈴鈴にそのことも伝えておこう」

どうやら鈴鈴の里の蜂蜜を買い上げる方向のようだ。となるとこれで、里の蜂蜜は「太子殿下もお気に入り」の売り文句が使えるようになるわけで。

――やったね、鈴鈴！

雨妹は再び心の中で鈴鈴に声援を送るのだった。

＊＊＊

雨妹の石鹸作りを確認した翌日、宮城にて。

「明賢様、入ります」

立勇が声をかけて明賢の執務室へ入ると、明賢は休憩中であったようで、お茶を飲んでいた。立勇が包みを持っているのを見た明賢により人払いがされ、二人だけが残された室内で、卓に包みを置く。

「これが雨妹が作った例の石鹸です」

立勇が包みを開けて、蜂蜜入りの石鹸を明賢の方へ寄せる。

「石鹸を溶かして蜂蜜を混ぜたのが、冷めて固まったものです」

「へぇ、形を変えられるのか、面白いものだね」

立勇の説明を聞いた明賢が花の形で固まった石鹸を手に取り、興味深そうに眺めている。

「しかも蜂蜜の香りがして、元々の臭いが気にならなくなった」

石鹸の香りを確認する明賢に、立勇も頷く。

「はい、これなら後から臭い消しの香をつける必要がないので、私でも使いやすいかと。それに使用後の肌の乾燥も和らぎましたし」

既にこの石鹸を試用後である立勇だが、そもそもこれまで石鹸を忌避していた理由は、使うとどうしてもあの臭いが残ってしまうためだ。近衛《このえ》として密かに行動する機会もある身なので、臭いで居所が露見する事態は避けなければならない。

だがこの蜂蜜入り石鹸だと、しっかり流せば石鹸はおろか、蜂蜜の香りさえさほど残らないので使いやすい。これを武官や兵士が使えれば、軍人が忌避される原因である汗臭さが減るのではないだろうか。

——数人集まると悪臭の元、とまで言われるからな。

故に立勇は近衛の訓練所に顔を出した後で後宮に向かう際には、念入りに身体を拭《ふ》くなどして、臭いには気を付けているのだが。この石鹸が使えるならば、あの作業が楽になるだろう。

「それにしても、あの娘はなんでも知っているものだね」

一方、未だ蜂蜜入り石鹸を眺めている明賢が感心したように呟《つぶや》くのに、立勇は微《かす》かに眉《まゆ》をひそめる。

雨妹のあの博識さと、目の前の者を助けずにはいられない気性。本人は奉仕の精神を否定したが、それでもここまでやれば尊ばれるだろう。それに胡坐《あぐら》をかいておけば、いい暮らしができるものを。

「あの娘は、全くもってわかりません。視野が狭いようで広く、思慮深いようで単純、つかみどころのないことこの上ない」

愚痴のように述べる立勇に、明賢はクスリと笑う。

「いいじゃないか、面白くて。きっとずっと一緒にいても飽きないんだろうね」

「まあ、飽きないであろうことは同意しますがね」

まるで中身のわからない仕掛け箱の玩具《おもちゃ》のようで、心臓に悪くもある気がする。

――しかし、雨妹のあの気性を利用されないように注意だな。

立勇は心の中にそう刻む。

ちなみにその後、立勇が蜂蜜石鹸の存在を嗅《か》ぎつけた秀玲に襲撃を受けたのは、言うまでもない。

第三章　雨妹《ユイメイ》の災難

花の宴の準備に明け暮れる、ある日。

「はぁ～、疲れたぁ」

朝から夕食前までみっちり掃除をして、さすがの雨妹もクタクタになっていた。掃除道具を抱えて、疲れた身体《からだ》を引きずるようにして宿舎へ戻っていると。

ガサガサッ！

近くの茂みが揺れたと思ったら、そこから男が二人飛び出してきた。

「うわっと⁉」

――宦官《かんがん》か。なにか急いでいたから近道かな？

雨妹はいきなりなことに驚きつつも、近道は自分もよくやるのでそんな風に考えたのだが。

宦官二人は雨妹の目の前で立ち止まった。見れば一人が大きな布の塊を抱えている。

「頭部をすっぽり隠した怪しい風体」

「情報通りだ」

そして二人がそう言葉を交わすのが聞こえる。

――え、なに私？

宦官たちは雨妹をなんらかの情報とすり合わせているらしい。

怪しい風体と言われたら、全くその通りなので否定できない。それにしても一体なんの用事だろうか？　只今《ただいま》腹ペコなので、できれば後日改めてにしてほしいのだが。

「あのぉ～」

雨妹が「今日はもう遅いので、明日出直してきてもらえませんか？」と告げようとした時。

バサァッ！

宦官の一人が突然、雨妹に向かって抱えていた布を広げるように放ってきた。

「むぎゃ⁉」

いきなりだったので、とっさに逃げるなどもできず。布が降ってきて雨妹をすっぽりと覆う。抱えていた掃除道具を手放し、なんとか布の下から脱出しようとしたのだが。

「大人しくしろ！」

そう告げる宦官から布越しになにかに拘束されたようで、身動きがとれなくなる。

——なになに⁉

「ちょっと！　なにするのムグッ……」

騒いで足をばたつかせていると、身体が横向きに持ち上げられたように浮き、頭部が圧迫されて喋《しゃべ》れなくなる。

——ちょっと、なんなのー！

雨妹はどうやら、誘拐というものをされているらしい。

大きな布の塊が持ち去られた後には、雨妹の掃除道具だけが散らばっていた。

それからなにか荷車に乗せられたのか、車輪のガラガラという音が響いていた。

「出せー！　ここから出せー！」

しばらく騒いでいた雨妹だったが、ちょっと息苦しくなってきたのでやめて、周囲の音に耳を澄ませることにした。

「本当に大丈夫なんだろうな？」

「所詮《しょせん》下っ端だろう？　平気さ」

「だが、太子殿下の宦官が会いに来るという話じゃないか」

「大した器量でもないし、いなくなったらすぐに忘れるさ」

――失礼！　自分の器量くらい自分でわかっているけど失礼！

布に包《くる》まれ芋虫状態で苦情申し立ての代わりにジタバタとすると、「うるさい！」と言われて蹴《け》られた。けれど蹴った彼はろくに鍛えていないのだろう、たいして痛くもない。これが体格のいい立彬《リビン》の蹴りだったら、きっと蹴られたところが痣《あざ》になっていたに違いない。

それ以降、耳を澄ませども大した会話をしてくれず。車輪の音がやがて止まった。

「ジタバタすると放り投げるぞ」

芋虫状態の雨妹を、宦官の一人がそう告げて抱える。どうやら荷車から降ろされているようで、乱暴に担がれてどこかへと運ばれていく。そして突然止まったかと思ったら、床に落とされた。

「ふぎゃ！」

どうやら放り投げはせずとも落としはするらしい。

——乙女になんてことするのさ！　腰打ったじゃないの！

抗議の意味も込めて、雨妹はジタバタと激しく足を動かす。けれどやはり無駄に息苦しくなっただけだったので、すぐにやめた。

「ご苦労様です」

聞き覚えのない女の声と共に、ジャラリと金属の擦《こす》れ合う音がする。

「では、我々はこれで」

「誰にも言いませんよ」

宦官二人がそう言って、足音が遠ざかっていく。あの金属音は、お金の音だろうか？　小遣い稼ぎで誘拐とは、どうやら素行の良くない宦官コンビだったようだ。

——にしてもなんなの、私ってば一体どこに連れて来られたの？

雨妹が混乱の極致にいると、包んでいた布が剥《は》がされた。そこでようやく視界が開けた雨妹に見えたのは、立派そうな身なりの女官だった。年頃は梅《メイ》よりも少々上くらいだろうか。

「その怪しい風体の妙な宮女、お前が雨妹ですね？」

詰問口調の女官に、雨妹はムッとしつつも冷静に応じる。

「私が雨妹だとしたら、どうだと言うんですか？　ずいぶん乱暴なやり方で、なんの説明もなく連れて来られたんですけど」

「そうですか。ではこちらに来なさい」

しかし、女官は雨妹の問いに全く答える気がないらしく。またもや命令口調で言ってきて、顎《あご》で示してくる始末。

――偉かったらなんでもしていいと思うなよぉ！

そう叫びたいが、下っ端宮女な雨妹はそこをぐっと呑《の》み込み、無言でついていくのだった。第一、雨妹はここがどこなのか全くわからない。脱走するにしても、もう少し情報を集めてからでいいだろう。

そんなわけで女官の後ろを無言で歩く雨妹だったが、相手は振り返ることもせず、どんどんと奥へと進んでいく。

――立派そうな建物だし、ここってば上位の妃嬪の宮だよね？

だがその割には、途中誰ともすれ違うことがない。今はどこでも夕食前の忙しい時間帯のはずで、無人であるのは変だ。これは今通っている場所が人払いされていると考えるべきだろうか。

そんな風に思いつつ、ひたすら女官の背中を追うことしばし。やがて廊下の突き当たりの部屋の前までやって来た。

そこでようやく足を止めて振り返った女官は、ひたりと雨妹を見た。

「こちらに殿下がおられます。主《あるじ》はお前を頼りにされたのですから、頼みましたよ」

「はぁ、はぁ？」

思わず間抜けな返答をしてしまった雨妹だが、当の女官はこちらの返事なんて聞いてなどおらず。

扉の中の様子を窺《うかが》うように耳を澄ませている。

――いや、『頼みましたよ』って、なにを？

女官が雨妹を頼みにしたいことがあるのはわかった。けどそれがなんなのか、さっぱりわからないのだが。

それに殿下ということは、皇帝の子供がいる宮ということだろうか。だが生憎《あいにく》、雨妹は皇帝の家族関係を網羅しているわけではない。一体どの妃嬪の子供だろうか？

人をここまで一方的に引っ張ってきたのだから、説明くらい詳しくしてくれてもいいだろうに。

――まあ、偉い女官っぽい態度だけどね。

王《ワン》美人とか太子とか、あのあたりの人たちの周辺に比較的親切な人が揃《そろ》っているので忘れそうになるが。本来ならばこういう下の立場の者のことなんて考えず、自分の都合を押し通すのが、たいていの後宮の女官だったりするのだから。

雨妹がこのように達観していると、女官が扉の向こうへ声をかけた。

「莉《リー》様、開けますよ」

「……わかりました」

すると中からか細い子供の声がした。

「失礼します」

そう断って扉を開けた女官は、自身は中へ入らずに雨妹を見る。

「早く入りなさい」

「……はい」

——なんなのさ、もう！　もっとちゃんと話してよね！

わけがわからない雨妹だったが、それでも女官に逆らわずに室内へ足を踏み入れる。

けれど先程の声の主の姿は見えるところになく、どうやら部屋の奥にある衝立《ついたて》の陰に隠れているようだ。そして室内には他に誰も、お世話をする宮女などの姿もない。

莉様と呼んだのだから、この宮の主である妃嬪の子供であるはず。その子供は何故《なぜ》あんなところに隠れているのかと疑問に思う。

そして中に入ったはいいものの、どうすればいいのかわからずにすぐに立ち止まった雨妹に、女官が「奥へ行きなさい！」と命じる。

——だから！　そうしてほしかったらそう具体的に言いなさいよね！

雨妹は内心で苦情を言いながらも、奥へ進むとその衝立の前で止まった。衝立の向こうで、ゴソゴソと物音がする。これからどうしろというのかと後ろを見るが、女官はこちらを睨《にら》みつけているばかり。

雨妹はあの女官は当てにならず、こうして突っ立っていても仕方ないと悟り。女官の「頼み」というのがこの衝立の向こうの人物のことだろうと仮定して、声をかけてみることにした。

「えっと、莉様？」

雨妹が声をかけると、衝立からそろりと現したその姿は——

「……っつ!?」

雨妹は眉《まゆ》をひそめそうになったのを、気合で堪《こら》える。

莉様というのは、公主であった。友仁《ユレン》皇子よりも年下のようで、愛らしい顔立ちをしており、服も豪奢《ごうしゃ》なものである。

だがその莉公主の顔には赤色の酷《ひど》い発疹《ほっしん》があり、その表情は涙目であった。

――これは……。

雨妹は莉公主の様子を詳しく見ようと目を凝らす。顔だけではない、よく見れば手にも発疹がある。そして痒《かゆ》いのか、莉公主が手を顔に持っていこうとして――

「駄目です、手を降ろして！」

雨妹は鋭く言い放った。

「ひっ！」

それに莉公主が怯《おび》えるように、身体を震わせる。

――しまった、言い方が強かったか。

けれどこの赤い発疹を掻《か》くのは良くない行為なのだ。雨妹は膝《ひざ》をついて莉公主に目を合わせ、顔を掻こうとしていた手を取って微笑《ほほえ》んだ。

「莉公主殿下、口が過ぎましたことを謝罪いたします。けれど、その赤い出来物を掻き毟《むし》ってはなりません。症状を悪化――ますます酷くなる上に、治りが遅くなりますから」

「……そうなのですか？」

莉公主が自分の手を握っている雨妹の手と顔を交互に見て、小さく尋ねる。

「そうなのです。痒いのならば綺麗《きれい》な布を水で濡《ぬ》らして、痒い箇所に当てて冷やしましょう。そうすれば痒みが和らぎますよ。そしてお身体を清潔にすることも必要です」

雨妹が握った莉公主の手を見れば、肌はカサカサで少々垢《あか》が出ている。発疹の症状があるにしても、お付きの者から世話をされている公主の肌ではない。

——全く、世話係はなにをしているの？

雨妹は内心で猛烈に怒る。この宮に莉公主付きが誰もいないわけではないだろう。言ってはなんだが王美人の屋敷よりも段違いで立派そうな宮だし、尚且《なおか》つ皇帝の御子《みこ》がいる場所で、人手不足は考え辛《づら》い。

そこへ、部屋の扉の前から女官が声をかけてくる。

「そなた、莉公主殿下がどういった状態なのか、わかるというのですか？」

これを聞いた雨妹は莉公主の手を放し、そちらに向き直って答える。

「はい、これは水痘《スイトウ》ですよね？」

「水痘？」

しかし女官は初めて聞いたといった様子で、眉をひそめる。

——あれ、知らないの？

水痘、前世でよく知られた言い方だと水疱瘡《みずぼうそう》は、辺境でも知られている病なのだが。

水痘とは強いウイルスによる感染症で、初期の症状としては全身に小さな赤い発疹ができて、発熱が起こり、全身がだるかったり軽い頭痛がしたり、食欲の低下を感じたりする。

発疹は顔・手足・胸・お腹《なか》・背中・頭皮・口内にまで現れ、やがて発疹がふくらんで水ぶくれ状になると強い痒みが生じるのだ。

この水痘は感染力がたいへん強く、感染している人物と触れあえば、すぐに感染してしまう。

そして、子供の感染者が多く、感染経路は主に口や鼻から。

それで言うと雨妹は先程しっかり莉公主の手に触れているし、間近で会話もしたのだが、実は幼い時分に水痘は経験済みで、免疫があるのでできたことだ。

これらの事実は別に雨妹の前世の知識の賜物というわけではなく、庶民の間でも認知されている情報だ。触ったり同じ空間にいたら出来物がうつるということで、発症した子はしばらく家に閉じ込められ、隔離されるのが対処法である。

なのに知らないとはと、そっちの方に驚きつつ、雨妹は立ち上がって女官に向き直り、簡単に説明した。

「これは水痘という感染症――流行《はや》り病の一種です。体内に入り込んだ病の元が、徐々に肌に現れてくる。これほどまでに酷い発疹になることは稀《まれ》なのですが、恐らく莉公主殿下はなんらかの理由で体力が低下しており、病の力の方が勝ってしまわれたのでしょう」

そう整然と話す雨妹に、莉公主は話が難しかったらしく、こてんと首を傾《かし》げている。

そして女官は目を見開いて驚いている。

「そのような病があるとは……。噂《うわさ》で流れた過敏症とやらを疑ったものの、どうあってもその赤いものが消えず、それどころか広がっていくばかり。これはもしや呪いかと、主はお倒れになられてしまったのです」

そう語りため息を吐《つ》く女官に、雨妹は眉をひそめる。

「私をこちらへ連れて来たのは、莉公主殿下の体調を調べるためだった、という判断でよろしいのでしょうか？　それにしても過敏症だと疑ったのならば、陳《チエン》先生は水痘だと仰《おつしや》らなかったのですか？」

現在過敏症の第一人者扱いで忙しい陳の顔を思い浮かべる。こんなありふれた病を、見落とすなんてまずないだろう。

この雨妹の疑問に、しかし女官は嫌そうな顔をした。

「陳とは医官の名ですか？　皇帝陛下の侍医殿がいるのに、何故宦官《かんがん》の医者ごときに世話になる必要があるのです？　しかもそれを押して声をかけてやったのに、用事があれば出向いて来いなどという傲慢《ごうまん》なことを言うなど、思いあがったことを……！」

話しながら思い出したのか、声に怒りがこもってくる。

——なるほど。今超絶忙しい陳先生を呼びつけようとして、失敗したから逆切れしたと。

陳は現在あちらこちらから検査を頼まれているので、暇がないはず。しかも皇帝自らが声をかけた医官とあり、お偉方も強く出られていないようなのだ。

そんな中で上から目線で呼びつけられ、『順番だから勝手に割り込むのは困る。どうしても急ぐならば直に患者を連れて来い』とでも言ったのかもしれない。

「それでも侍医であっても、水痘くらい診察できたでしょうに」

繰り返すが、水痘は特別な病でもなんでもないのだ。これに、女官はスッと視線を逸《そ》らした。

「万が一、ということがありますから。呪い憑《つ》きだったら目も当てられないことになります」

なるほど、この宮の連中は病気よりも、『呪い』である方を疑っていたと。症状の見た目の不気味さから、病気ではないと勝手に思い込んだのかもしれない。

――日本でもいたよね、自分で勝手に病名を決めつけている患者さん。

それにしても、妃嬪や女官という人たちは『呪い』に毒され過ぎな気がする。彼女たちは一部例外はあるが、おおむね良い家柄の娘たちから集められている。彼女らが悪いものや見苦しいものを見ることのないように育てられるから、病というものに疎くなり、呪いを信じやすくなるのだろうか？

だから身体に醜い出来物ができたなんて知られたら、どんな噂が立つかわからないと考え、隠し通すのかもしれない。

――ああ、だからこういう連れて来られ方だったのか。

そこまで考えたものの、しかし後宮で生まれ育つ子供は、それなりにいるだろうと気付く。それらの子供たちを育てた宮女や女官が、誰も水痘の症状を一度も見ていないとは考え辛い。そうした熟練宮女や女官はどうしたのか？

そんな疑問を抱いた雨妹は、すぐ傍らで難しい話に不安な顔をしている莉公主に笑いかけると、女官に問いかける。

「莉公主殿下のお世話を取り仕切っているのは、どなたでしょうか？」

この部屋へ連れて来たのはこの女官だし、室内にはお付きの宮女の姿も見られないのだが。

これに、女官が一瞬の間を置いて答える。

「……今、少々外しているようですわね」

——つまり不気味で近寄りたくないとかで、逃げているんですね。

なんという、子供の世話人失格な人なんだろう。というか、この程度で逃げるとは、子供と接したことがない人なのだろうか？　皇帝の子供なのだから、どこからか子育ての専門家が派遣されてきそうなものだが。

——もしかすると以前はそういう熟練宮女か女官がいたのが、これまでにインフルエンザの犠牲になってしまったとか？

そもそも雨妹がここにいるのは、人手不足での補充だったのだから、可能性はある。そうした貴重な人材は、皇太后や四夫人周辺に集められているのかもしれない。

そうした経験者がいないとなると、後は子育て素人集団のみが残る。

この女官にしても位が高いようだし、良い家柄であるに違いない。そうした家柄で後宮入りするのは、子供がいない人がほとんどだという。なにせ家柄がいいからと言って、自由に外へ出られるわけではないのだから。

稀に外部者と面会の機会を与えられることがあるが、それは主に上位の妃嬪のためのもので、己を支援してくれる親との面会がほとんど。その他の女たちにとって後宮入りとは、家族との別れと同意なのだ。

仕える者たちの事情の想像はこんなものだとして。後宮で子を持つ母同士もまた、事情が複雑だろう。

母たちは大抵の場合が皇帝の寵愛《ちょうあい》を競う敵であり、前世のような「ママ友関係」にはなり得ない。よって情報共有など行われるはずもなく。

結果「子供」というのがどういうもので、どうやって育てるものなのか、誰もわかっていない状況になるわけだ。子育てを宮女や女官に任せっぱなしであるならなおさらだ。

そうなるとこの宮の主は、普段「綺麗で可愛《かわい》い我が子」だけしか見ることをせず。それゆえに水痘に感染した莉公主の姿を受け入れられず、倒れてしまったということになるのだろう。

これは、このまま雨妹が人知れず治療して、綺麗な肌に戻った莉公主殿下の姿だけを見せたら、良くない気がする。子供というのは「お人形さん」ではない。病気もするし怪我《けが》もするので、ずっと綺麗ではいられないのだ。

そう考えた末、雨妹は口を開いた。

「では、私は莉公主殿下の手当てを依頼されたと判断いたします。つきましては、殿下の母君である方と、直接お話をすることは可能でしょうか？」

「……言付けがあるのであれば、わたくしが聞きます」

女官は雨妹を「無礼な娘だ」と言いたげにじろりと睨《にら》む。

こちらだって、下っ端掃除係として身の程知らずなことを言っているとわかっている。だが雨妹はここで引かずに、ぐっと顔を上げる。

この場にはこういう困った時に不思議とどこからか現れて助けてくれる、立彬《リビン》はいない。雨妹が一人で、隣で震えている莉公主を救うのだ。

――首が物理的に危なくなったら、立彬様に泣きついて太子殿下に助けてもらう！

そうやって結局最後は他力本願な雨妹だが、使えるコネはなんだって利用すればいいのである。

雨妹は視線に力を込めて、女官を見た。

「莉公主殿下は、少々お身体が弱い方だと予想されますが、ちゃんと対処すれば治ります。その過程を母君に説明し、全く心配するような病ではないと、安心していただきたいのです。母君の安心した態度が、子供にとってはなによりの薬になりますから」

「どうやら皇帝陛下にお目通りできたことで、思いあがっているようですね。お前ごときに心配されずとも結構、ただその見苦しい状態を早《はよ》うなんとかすればいい！」

怖い顔で怒鳴りつける女官を、雨妹は視線をきつくして睨む。

――なんていう言い方を……！

怒りと失望を覚えると同時に、「やはりそういう考えか」とも納得する。この女官はこの部屋へ来た時から、未《いま》だに扉付近からこちらに寄って来ない。一歩たりとも動かず、莉公主の姿を見ようともしないのだから。

雨妹たちが部屋に入る際、扉の前から事前に声をかけると莉公主は衝立の陰に隠れていた。それはすなわち、今の姿を見せるなときつく言われているからであろうと推測される。そして明らかに隠れ慣れているので、客が来るからなどといった理由ではなく、普段からそうしているのだろう。

何故そのようなことをさせているかというと、世話をする者たちが水痘で体中に発疹《ほっしん》のある莉公主を見たくないから、ということ以外に理由が見当たらない。

今の「見苦しい」という言葉以上に、その態度、視線で、雄弁に伝わるものなのに。そしてその方がより相手を傷付けるということに、果たしてこの女官が気付いているかどうか。

この子供の世話人として失格な女官から、雨妹は一旦《いったん》意識を離し、再び膝《ひざ》をついて莉公主と目を合わせる。

「莉公主殿下、幸運でございましたね」

「……？」

雨妹の言葉に、莉公主は驚く。

「この水痘という病は、子供の時分に罹《かか》れば軽く済みますが、大人になって罹ると、それはそれはもっと辛く苦しい思いをすることになるのです」

「そうなのですか？」

もっと苦しいと言われ、目を丸くする莉公主に、雨妹は頷《うなず》く。

「そうなのです。今はお身体が弱っているので、少々酷く見えているだけ。ちゃんと手当てすれば、綺麗《きれい》に治ります。けれど大人だとそうはいかず、多くが痕《あと》になってしまうのです」

雨妹の話にしばし目を瞬かせていた莉公主だったが、やがて呟《つぶや》く。

「わたし、治るのですか？」

莉公主に今の状態が病気だと誰も教えていなかったのなら、自分はずっとこのままだと考えても不思議はない。その思い込みを打ち砕くように、雨妹は力強く頷いた。

「そうです、だから莉公主殿下は幸運なのです。まずはお身体を清潔にして、絶対に掻《か》き毟《むし》らないこと。そして栄養をとって、病に勝つ体力をつける。そうすれば、すぐに綺麗なお身体に戻ります。私も手伝いますから、共に頑張りましょう」

雨妹がそう話し、そのカサついた小さな手を取ってギュッと握ると、莉公主も握り返してきた。

こうして、莉公主が己の身に起きていることについて、なんとなくだが理解できた一方。女官は怒り顔でこちらを睨みつけている。

その女官に、雨妹は告げた。

「あなた様が水痘を知らないということは、罹ったことがないということですよね。ならばこの病に罹るやもしれません。莉殿下にも申しましたが、大人の水痘は酷くなることが多いですから。みなさまもお気を付けくださいますように」

雨妹が、女官が「見苦しい」呼ばわりしたこの病は彼女自身にも降りかかるものなのだと言ってやると、女官はさっと顔色を変えた。

「……‼」

彼女はなにか言ってやりたいが言葉にならないようで、結局足音荒く部屋から出て行った。

雨妹と二人で残された莉公主は、困ったようにオロオロしている。

「ええっと……」

色々言いたいことはあるものの、とりあえず莉公主を今の状態からなんとかしてやりたい。現在の莉公主は、悪い言い方をすると服だけ立派な家なし児《ご》のようだ。

この国の者は案外綺麗好きで、頻繁に沐浴《もくよく》をする習慣がある。そのため垢《あか》まみれな人間はあまり見なかったりするのだ。なにせ辺境でも沐浴をするので、どの家にも大小の違いはあれども沐浴場が備わっていたのだから。

「莉公主、まずは沐浴をしましょう。そうすればお身体の不快感がだいぶ和らぎますから。次に食事で栄養を付ける……ところでもう夕食時でしょうに、お食事はどうなっているのでしょう？」

既に食事を終えているのか？　いや、宮女たちでもこれから食事という頃だったのだ。夜更かしが日常の上位妃嬪の宮で、下級宮女よりも早く食事を終えるなんてことはないだろう。

雨妹が考えていると。

「食事はいつも戸口に置いてあるので、取りに行きます」

なんと莉公主が驚きの発言をした。

――おいここの宮女か女官、食事のお世話も仕事だろうがっ⁉

まさかの、公主が自ら取りに行く方式である。

この宮では、莉公主はどういう扱いになっているのか。しかもこの宮の主である莉公主の母が、こうした扱いを容認しているということは間違いない。

そして気になるのは、莉公主の食事ですらそうなのだったら、雨妹の食事はどうなっているのか？　夕食を貰《もら》う前に攫《さら》われたのだが。

この宮の連中は、雨妹の夕食を用意してくれるだろうか？

——あの女官の人の反応とかからすると、してくれそうにないかも。

けれど雨妹とて、辺境で生活している時は二食プラスお昼のおやつを、毎日食べられていたわけではない。一日水だけで過ごした時だってあったのだ。

だがここへ来てからの日々では食事に困っていなかったので、そこへ来ての食事抜きは辛いものがある。

雨妹はそんな自分の腹事情をぐっと呑《の》み込み、気を引き締めて莉公主の沐浴の準備をする。幸いというか、莉公主のいる部屋がある建物には沐浴場があった。どうやら宮の中に複数の沐浴場があるようだ。そこにお湯を沸かしている間に、莉公主の夕食が届いているのか確認しに行く。

すると莉公主が言っていた場所に、すっかり冷めきった粥《かゆ》が載せられた盆が置いてあった。

——こんなものを毎日食べているとか、ないよね⁉

まだ幼い莉公主に火が扱えるとは考えられず、冷めた食事を温め直すなどということができるはずがない。

どうやら「呪い」というのは、この宮の住人たちにとって世話を放棄する理由になり得るもののようだ。

怒りを覚えた雨妹が粥を温め直し、沐浴の準備やそのための着替えを探してバタバタと動き回っていても、お付きの宮女や女官は現れず。しかし誰かに見られている気配はするので、いないわけではないのだ。

——ああっ、叫んで怒りをぶちまけたいけど、そんなことをすると余計にお腹が空《す》いちゃう！

雨妹はそんな悩ましい思いでお腹の虫をグゥグゥと鳴らしながら、駆けずり回る。

そして温め直された粥を莉公主が座る卓の上に置くと。

「温かい……」

粥を口にしてそんな感想を漏らす莉公主に、雨妹が涙ぐみそうになる。

──冷たい粥って、美味《おい》しくなかったよね！　可哀想《かわいそう》に！

偉い人は出来立ての料理が食べられないというのは、江《ジャン》貴妃の件で知っているが。それでもこんなに冷めきったまま放置されたものを食べるというのは、さすがにないはずだ。

こうして粥を食べ終えた莉公主のお腹が落ち着く頃合いを見計らって、沐浴を勧める。

水疱の対処としては手をこまめに洗って清潔にしておき、引っ掻き傷を作らないように爪を短くすることが挙げられる。あとは汗をかいたら身体を優しく拭《ふ》き、着替えをこまめに行うことだ。

水疱の発疹が現れるのはだいたい五日程度であることが多く、発疹は身体の中心部から現れ、その後に手足へと拡《ひろ》がっていく。六日目には瘡蓋《かさぶた》になっていて、二十日くらいでその瘡蓋も剥《は》がれてしまう。

沐浴をしながら莉公主の身体を見ると、発疹は水膨れになりかけているものと、既に枯れ始めているものとが混じっている。もうしばらく待てば、全ての発疹が枯れることだろう。

「莉公主殿下、もう治り始めているようですよ。あとしばらくの辛抱です」

「……本当？　これ、治っている？」

これを聞いて、莉公主は目を丸くしてから涙ぐむ。

水痘のことを知らなければ、水膨れができて枯れていくのを不気味に思っても無理はない。宮女や女官からも邪険にされて、さぞ怖かったことだろう。

全身さっぱりした莉公主を寝室へ連れて行くと、牀《しょう》へ入ってすぐに寝入ってしまった。

――色々気疲れしていたんだろうなぁ。

ぐっすり休めるように祈りながら、雨妹は布団を肩までかけてやって、静かに寝室を出て行った。

それから雨妹は庭園へ出ると、莉公主の眠る寝室が見える辺りにあった手ごろな大きさのつるっとしている石へ腰を降ろす。

「はぁ～」

そしてため息を吐いて、すっかり夜が更けている空を見上げた。

――お腹が空いたなぁ……。

今更だが、雨妹が「莉公主は呪いではない」という確信を欲したためだけの存在であったのなら、ここまでしなくても良かった気がする。けれど、あの状態の莉公主を見て見ぬふりをして放っておくなんて、できなかったのだ。

――それに明らかに、世話を私に押し付ける気満々だったみたいだしね。

でないとわざわざ人を呼びつけておいて、最も話を聞いておくべき世話係を集めておかないなんて、あり得ないだろう。そして結局莉公主が寝るまでに顔を見せなかった。

「この宮って、なんだかなぁ……」

そうぶつくさ文句を呟いていると。

「ずいぶん渋い顔をしているな」

庭園の暗がりから、不意に聞き覚えのある声がした。

——今の声って！

雨妹がキョロキョロと辺りを見回していると、木陰から姿を現したのは立彬だった。

「りっ……！」

雨妹が思わず立ち上がって叫びそうになったのを、立彬が「しっ！」と声を上げるなという身振りをする。なので雨妹は声を呑み込み、立彬の方へ小走りで駆け寄る。

「立彬様、何故こちらへ⁉」

声を潜めて尋ねると、立彬は軽く眉《まゆ》を上げてみせ、懐から包みを取り出した。

「お前にと、預かってきたものだ」

そう言って差し出された包みは、受け取るとほんのりと温かい。

——これ、もしかしてっ⁉

雨妹が気が急く勢《せ》いのままに包みを開けると、中には肉の入った包子《パオズ》があった。

「楊《ヤン》がお前の姿が見えないと、ずいぶん心配していたぞ。こちらへ来ていないかと、わざわざ太子宮へ訪ねてきたのだ」

これを聞いて、雨妹は胸がいっぱいになる。

「楊おばさぁあん……！」

水で空腹を紛らわしていたものの、洗手間《シーショウジエン》——トイレへ行ってを繰り返して身体が冷えるばかりで、切なさが募っていたのだが。楊が用意してくれたというこの包子を見ていると、温かい気持ちになってきた。

「明賢《メイシエン》様が探させたところ、お前がいつも使っている掃除道具が投げ捨てられているのが発見されてな。これはなにかあるとなって、色々なことがありつつもここへ辿《たど》りついた」

色々が気になるが、おそらく太子が使っている隠密《おんみつ》みたいな人たちまで動いたのかもしれない。でないと普通、こんな短時間でここにいるなんてわからないだろう。

そんな大仰なことになって申し訳ないような、ありがたいような。けれどここは素直に感謝しておこう。

——太子殿下、ありがとうございます！

「こちらも話を聞きたいところだが、まずは食べるといい。茶も持ってきているぞ」

感激している雨妹に立彬がそう言って、竹筒ではない水筒を取り出す。さすが太子のお付きなだけあり、水筒もいいものを持っている。

雨妹は早速先程まで座っていた石へ戻り、座って膝の上に包みを置く。その傍らについてきた立彬が立ってるのを見て、楊がいるであろう宿舎の方へ目をやる。わざわざ用意してくれた楊と、それを持ってきてくれた立彬に感謝だ。

——いただきます！

大口を開けて包子にかぶりつく。包んである肉が甘辛く炊いてあり、それが包子の皮に染みてい

るのがとても美味しい。

「幸せでふ……」

雨妹は包子を噛《か》みしめながら、なんだか涙が出てきた。お茶もわざわざ直前に淹《い》れてくれたのか、淹れたての風味が残っていた。

「まあ、いきなり連れて来られて食事抜きでは、しょげる気持ちもわかるがな」

涙目で包子を食べる雨妹に、立彬が同情の視線を向けてくる。

こうして雨妹が包子を食べ終え、落ち着いた頃を見計らったのか。

「それで、どういうことでここにいるんだ？」

「こっちも聞きたいです、ここってどこですか？」

立彬の質問に、雨妹は質問で返す。

「……知らなかったのか。林昭容《リンしようよう》の宮だ」

渋い顔で立彬が告げたことに、雨妹は「ふむふむ」と頷《うなず》く。

昭容というと九嬪の位で昭儀《しようぎ》のすぐ下。昭儀もそうだが、現在の四夫人に万が一のことがあれば、その後釜《あとがま》を十分に狙える立場である。とするとこの宮の立派さも納得できるというもの。

しかし位が高いからと言って、現状を許容できるものではない。雨妹は今まで呑み込んでいた気持ちが一気に逆流した。

「聞いてくださいよ、ほんっとうに酷いんですから！」

雨妹は声を潜めつつも、激しい口調で捲《まく》し立《た》てる。

説明もなくここまで連れて来られたこと。すると莉公主が隠れるようにして部屋の中にいたこと。明らかな水痘の症状だったのに、この宮の誰も気付かなかったらしいこと。

「『やっぱり呪いだったんだ』とかで莉公主を放置だなんて、信じられますか⁉」

「水痘か、私も幼い時分に罹《かか》った記憶があるが。あれはそれほど大騒ぎするような病であったか？」

雨妹同様に経験者らしい立彬は、水痘と聞いて首を捻《ひね》っている。

「健康な子供なら『ちょっと出来物がある』程度なんですけど。莉公主殿下はお身体が弱い方なのでしょうね。他の子よりも水痘の症状が酷く出てしまったようなんです。それを気味悪がった宮女や女官がお世話を放棄したようで、最初に見た時は酷い有様でした」

雨妹の表情で、どの程度なのか察したのだろう。立彬が顔をしかめる。

「皇帝陛下の御子に対して、なんということを……。だが、この宮だとあり得ない話ではないのかもな」

そして林昭容の事情を説明してくれた。

「そもそも昭容という立場であるが、林家はそれほど家格が高くはない」

通常であれば、昭容となるのは上の中から下の家なのだが、林家はどちらかというと中の上程度の家柄だそうだ。

そんな林家の娘が、何故昭容となれたのか？　その理由は皇帝に気に入られたからという一点だという。

――なるほど、地味顔系だったんですね。

胡昭儀《フー》もそうだったが、皇帝の好みが周囲にバレバレだったのだろう。

ともあれ、そんな事情で皇帝に気に入られてしばし通われたら、子供ができるのが道理。そして後宮での序列は、家格と子の有無が響いてくる。子供ができたことで、中の上だった林家の娘が、昭容へと出世したわけだ。

ちなみに一つ上の位の胡昭儀は、上の中の家格だそうだ。

「予想外の出世をしたのはいいが、林家では昭容の位に相応《ふさわ》しい使用人を用意することが難しい」

「まあ、ああいうのって長い時間をかけて教育するものでしょうしね」

そんなわけで、林昭容と他の上位妃嬪たちとの間で摩擦が起きているのだという。

「そして、その林家出世の要因である莉公主だが、あまり表に姿をお見せにならないので有名でな。他人に見せられぬ程に醜女《しこめ》なのかと噂になるほどだ」

「水痘で肌荒れしてましたが、御姿は可愛らしい方でしたよ？」

隠すような要因は見られなかったのだが、そういえば莉公主が身を隠すのに慣れていた様子であったことを思い出す。

——うーん、今回の水痘以外に、なにかあるとか？

雨妹が思案していると。

「けれどまさか、騒ぎの原因が水痘とは。楊も呆《あき》れることだろうな」

立彬自身も呆れた様子でそう零《こぼ》す。

「それなんですけど、ここの宮って子供の成長についての知識がある人がいないんですか？」

雨妹の疑問に、立彬は「ふーむ」と唸《うな》る。

「そのあたりの事情はわからん。楊なら知っているだろうが」

そんな話をしていると。立彬が不意にどこかを見たかと思ったら、

「誰か来るらしい」

真面目な顔でそう告げた。

「いいか、必ず近く状況を変えてやるから、今は莉公主殿下のお世話をして差し上げるのだ」

「あ、立彬様待った。それについて欲しいものがあるんです」

最後に捲し立てたかと思ったら、すぐにも立ち去ろうとする立彬に、雨妹が急いであることを伝えると。

「わかった、用意しよう」

頷いた立彬は、足音を立てずに暗がりへと姿を消した。

それからしばらくしてやって来たのは、雨妹をここへ放置していったあの女官である。

彼女は庭園で一人石に座っている雨妹を、ジロリと睨《にら》む。

「……ここで、なにをしているのですか?」

「空を見てボーッとしていたんですが」

雨妹は見たままの状態をそのまま告げる。

「そうですか。他に誰かいたような……」

そう言って首を捻りつつ、鋭く周囲を見る女官は、雨妹が足元に隠している包子の包みと水筒を

見つけることはできなかった。

＊＊＊

立彬こと立勇《リーヨン》が太子宮に戻り、主である明賢がいるであろう部屋へ向かうと。

「お帰り」

明賢はこちらから声をかけるよりも先に、扉の向こうから声をかけてくる。

「只今《ただいま》戻りました」

そう挨拶《あいさつ》をして扉を開けると、明賢は秀玲《シオウリン》に給仕されてお茶を飲んでいるところであった。

「どうだったかい？」

「……さすがに忍び込むのに骨が折れました」

明賢から尋ねられた立勇はそう切り出して、林昭容の宮の様子と雨妹から聞いた莉公主の状態を説明する。

「まあ、たかだか水疱でそのような大騒ぎをしている、ということ？」

すると話を聞いた秀玲が呆れ顔になる。

「水疱というと、水膨れの出来物のことだったかな？　私も確か罹ったよね？」

「はい、水膨れを潰《つぶ》したがる明賢様には手を焼かされましたわ」

昔を思い出す明賢に、秀玲が懐かしむ顔をした。

そう、水痘とは太子である明賢も経験があるくらいに、子供にとっては普通に罹る病であるということなのだ。

「雨妹は宮に留《とど》められていましたが、宮の者は具体的な話をろくにしていないようで。どちらかというと雨妹が莉公主殿下を放っておけず、自主的に世話をしているようでした。元気そうではありましたが夕食を与えられておらず、ずいぶんとしょげていましたね」

「まあ、昭容の宮ともあろう場所で、そのようなことが……」

秀玲が眉をひそめて不快そうにする。

「楊に預かった差し入れの包子を持っていくと、泣きながら食べていましたね」

「食事が生きる楽しみのような娘だからね。様子が目に浮かぶよ、可哀想に」

明賢が雨妹の泣き顔を思い浮かべたのか、憐《あわ》れむような顔で言う。その隣で、秀玲が思案するようにしながら語る。

「林昭容の御実家は、元々がさほど力のある家格ではないのですけれど、実家から呼び寄せた者とは別に少なくとも、最低限の人員は皇帝陛下から頂いていたはずですわ」

「その人員もこれまでの流行病の騒ぎで、より上位の方々のために減らされたのだろうけど。それにしてもここまで酷いのは、林昭容の徳のなさ、ってことになるのかな？」

明賢がいつになく辛辣《しんらつ》なことを言う。無理もない、雨妹が帰ってこないと楊から聞いて、非常に心配していたのだから。それが林昭容の勝手な行動であったと知れば、怒るのも当然というものだ。

「けれどこのままだと、林昭容は父上の子を育てるには不適格の烙印《らくいん》を押されるだろうね。となると莉を取り上げられ、自身は位を落とすことになりかねない。そうなったら雨妹は結果として親子の仲を切り裂くことになったと、悲しむのかな」

明賢が雨妹の気持ちを心配しているが、しかし立勇はこの考えには疑問であった。

「それはどうでしょうかね。あの娘は莉公主殿下の身に降りかかる不幸は悲しむでしょうが、親子の情となると、達観している感がありますので」

なにせ立勇は今まで、雨妹の口から親への思慕の情というものを聞いたことがない。あの娘が人よりもそうした感情が薄いのか、もとより両親との縁が薄い者はそうした性格になりやすいのか、このあたりは定かではないが。

立勇の意見に、明賢も「そうかもしれない」と考えたのか。悲愴《ひそう》な顔になっていたのが和らいだ。

「とにかく、莉の病は隠すようなものではないし、劣悪な環境に閉じ込めておくなど論外だ。到底放置しておけない」

明賢の宣言に、しかし秀玲が口を挟む。

「ですが、事は皇帝陛下の宮で起きていることですわ。ただでさえ一度横槍《よこやり》を入れているのですから、陛下の周囲の者たちも二度目は警戒されるのでは？」

明賢も頷いて肯定する。

「そうだ。だからまずは父上へ進言して手順を踏む必要がある。けどそうなると、雨妹を解放できるまでに時間がかかるな……」

なにしろ太子である明賢が父である皇帝へ会いたいと言っても、すぐに会えるというものではない。官吏に話を通したところで、一体どれほど時間がかかるか。前回皇帝を連れ出した時にかなり強引にしているため、できれば今後を考えて同じ手を続けて使いたくないところだ。

悩ましい顔の明賢に、秀玲が「思いついた」という顔をした。

「明賢様、私が莉公主殿下をお見舞い致しますわ。最近見ない莉殿下の様子伺いに兄である明賢様が菓子を差し入れするのは、不自然ではないかと思いますけど」

「……そうだな、それに立勇を立彬として遣わせるより拗《こじ》れずに済むか」

一人で行かせるのに宦官《かんがん》とはいえ若い男の立彬では、太子から皇帝の妃嬪への遣いとして、色事のような妙な勘ぐりを生じかねない。しかし女官の秀玲なら、そのあたりは上手《うま》くやるだろう。

「では、なにか菓子を用意させよう」

「はい、そして明賢様はできるだけ早く、皇帝陛下へ話を通してくださいませ。話さえ通れば、陛下はきっと動かれますわ」

秀玲の言葉に、明賢は頷いた。

＊＊＊

「うわぁ、身体が痛い……」

雨妹は朝起きると、身体のあちらこちらが痛かった。

それはそうだろう、なにせ一晩床で寝たのだから。雨妹が使える牀なんてなく、布団すら見当たらない。仕方ないのでそこいらの調度品から布を引きはがし、それに包まって寝たのだ。

それに昨日宦官二人組に落とされた際に打った腰のあたりが少々痛む。骨に響くような痛みではないので、打ち身になっているのだろうか。服を捲って首を懸命に捻って見てみれば、痣《あざ》になっていた。普通に動くのに支障はないが、長引くと嫌だなと思う。

そんな寝起きからへこみ気味な雨妹は寝具代わりの布を元に戻し、水場で顔を洗うと少しはしゃっきりとした気分になる。

——莉公主はどうしているかな？

気になったので様子を見に行くことにして、早朝で静かな建物をそろそろと移動する。

これが宮女たちの宿舎であれば、朝の支度でバタバタしている気配がするのだが。この宮はまだ寝静まっていた。夜更かしなお偉方は朝が遅くそれに合わせて宮女も女官も朝が遅くなるのだろう。このあたりは生活サイクルの差であるので、どちらが怠けているというものではない。朝が遅い代わりに、夜遅くまで仕事をするということなのだから。

雨妹はそんなことを考えつつ、まだ眠っているであろう莉公主の寝室にやって来た。

「おはようございまぁーす……」

小声で声掛けをして寝室にするりと入り、莉公主が寝ている牀へと近付く。見たところ呼吸は穏やかで顔色もいい。昨夜に沐浴《もくよく》ができたため、肌の発疹《ほっしん》も落ち着いているようだ。きちんと肌の手入れさえできていれば、水痘はそう長引いたりしないのである。

けれどこれまで放置されていたのが原因で、莉公主の肌はカサついている。だから早く立彬に頼んだものが欲しいのだが、果たしていつ届くだろうか？

ともあれ、莉公主の体調が確認できたので、起こしてしまわないようにそっと退室する。そして寝床にしていた元の部屋へ戻るのだが。

「……やることがない」

普段であれば軽く体操をしてから食堂へ行き朝食を貰《もら》い、早々と掃除に向かうのだが。まず、一日の活力となる朝食が貰えるのかが疑問だ。というか、多分貰えないだろう。

この宮の者は雨妹が莉公主の世話をする流れになっていることに、なにも言ってこないのか。昨日の夜にあの女官が現れた時も、特になにも言われなかった。「まだいたのか、とっとと帰れ」と言われたら、とりあえず帰ってから楊に相談できたのに。

雨妹としては立彬から莉公主の世話を頼まれたし、可哀想だから助けてやりたい。がしかし、それと仕事とは話が別だ。

ただでさえ下っ端宮女は花の宴の準備で大忙しなのに、雨妹が抜けた分を補うのも大変だろう。そんな状況でここまで連れて来られ、時間を無為に過ごさせられている現状が不満だ。

――私だって忙しいんだからね！

ふつふつと湧いてきた怒りを、雨妹は掃除にぶつけることにする。なにせ昨日寝床用の布を剥《は》がしていて気付いたのだが、この建物はろくに掃除がされていない。病の莉公主がいるのだから、部屋は清潔にしておかないと駄目だろう。お付きの宮女はそれなりにいい給金を貰っているだろうに、これは給金泥棒と呼んでいいのではないか？

そんなわけで、強制連行された先でも掃除をすることにした雨妹だが。いつもの掃除道具一式が手元にないので、普段通りの作業というわけにはいかないが、なんとか探し出した箒《ほうき》で塵《ちり》を掃き出す。

そんなことをしていると、外からなにか物音が聞こえた。雨妹が物音がした方へ行ってみると、莉公主の朝食であろう器が、昨夜と同じ場所に置かれている。

「中に入って、莉公主殿下を起こしたりはしない、と」

しかも起きているであろう時間を見計らう、ということもしていない。今頃だとまだ莉公主が目を覚ますまで時間があり、朝食を食べるまでに間が空くだろうに。

この、皇族に対するものではない扱い方は、文君《ウエンジユン》に通じるものがある。

――女官って、偉くなると文君さんみたいになるものなの？

雨妹が嫌な考えを払うように頭を振り、莉公主の朝食を手に取ると。

「なんですかいきなり、勝手に歩かないで！」

昨日の女官の金切り声が聞こえた。しかも声がここから近い。

――なんだなんだ？

雨妹が背伸びをして、声の方を窺《うかが》っていると。

「あら、雨妹ではなくって？　このような場所で会うとは奇遇だわ」

そう朗らかに言いながら現れたのは、いつか会った太子宮の女官だった。確か名前は秀玲だったか、両手で抱える程の大きさの箱を持っている。

「秀玲さん⁉　どうしてここに⁉」

驚く雨妹の傍《そば》まで来た秀玲は足を止め、微笑んで話す。

「明賢様のお遣いですの。殿下は莉殿下の御姿を最近見かけていないと気になさったもので。でしたら手土産でも贈って様子を伺ったらいかがとご提案しましたら、『それはいい』と殿下が仰せられて」

「それはよろしいのですが、勝手にうろつかれては困ります！」

楽しそうに手に持つ箱を見せる秀玲に、追いかけて来た例の女官が噛《か》みつくように叫ぶ。

「莉殿下がどちらにいらっしゃるのか、教えてくださらないのですもの」

「このような朝早くにですか⁉」

「思い立ったが吉日、と言いますもの。それにぜひ、朝食に召し上がっていただこうと思いまして。太子宮ではとうに朝の支度が整っている時刻でしてよ？　この宮はずいぶんとのんびりなこと、羨《うらや》ましいですわぁ」

「なっ……」

言外に「お前ら暇そうだな」と言われたも同然なため、女官が顔を真っ赤にする。

「それで、雨妹は何故こちらに？」

「こっ、この娘は！　莉様が『どうしても会いたい』と仰せられたので！　来ていただいたのです！」

「へぇ、そう、莉公主殿下がおねだりされて、ですの？」

「そういうことです」

女官は取り繕うのに必死で気付いていないそうだが、秀玲が冷え冷えとした目をしている。

――まあ当然、立彬様から聞いているよね。

そんな全てを知っている人相手に嘘《うそ》の言い訳をするとは、いっそ滑稽《こっけい》である。

秀玲はその女官から視線を外し、雨妹に向き直る。

「それで、雨妹はここでなにをしていらしたの？」

「暇を持て余したので掃除をしまして、莉公主殿下の朝食を取りに来ました」

雨妹には隠す理由などないので、現状を素直に告げる。

「……！」

女官が凄《すご》い顔で睨《にら》んでくるが、秀玲がちらりと見るとなにも言えなくなったようで、沈黙した。

同じ女官でも太子付きの秀玲の方が偉いので、喧嘩《けんか》になったら拙《まず》いのだろう。

「まあ、おねだりされてわざわざ呼び立てた宮女を、ほったらかしにしていたということ？　忙しい今のこの時期に？　それにその朝食とやら、冷え切っている上に乾いている風に見えるのですけど？」

「それは……」

「そのようですね、戸口の外に放置してありましたので」

女官が口を挟もうとする前に、雨妹は事実を言ってしまう。秀玲の上品に微笑みを浮かべていた表情が、引き攣《つ》った後に眦《まなじり》があがる。

「なんということなのです！　この宮は陛下の御子を育てるというお役目を、なんだと心得ているのですか⁉」

太子付きの女官である秀玲の叱責は、未来の皇帝を補佐する者としての言葉の重みがあった。楊からチラッと聞いた話によると、秀玲は太子の乳母でもあったというので、世話の仕方にも厳しいのだろう。

まさに、今貴重な子育ての熟練者である。

「その、たまたま忙しかったもので……」

「ほぅ、忙しかったのですか。では皇帝の御子である莉公主殿下のお食事よりも優先させるべき、その忙しい用事とやらを仰ってくださらない？」

「……」

秀玲の柔らかいながらも逃げ道を塞《ふさ》ぐ言い方に、女官は顔を真っ赤にして沈黙する。それを冷たく一瞥《いちべつ》した秀玲は雨妹を見る。

「雨妹、その手に持っているものは食事たりえません。捨ててしまって頂戴《ちょうだい》。この手土産を持ってきて、正解でしたわね」

秀玲が手に持っていた箱を開け、雨妹に見せてくれる。果たして、箱に入っていたのは。

――豆沙包《ドーサーバウ》だ！

豆沙包とは、日本でいうところのあんまんである。けれどこちらの餡子《あんこ》はちょっとパサパサしていて、お茶と一緒に食べるとちょうどいい具合になるのだ。その食感は、和菓子の餡子に近いかもしれない。

この豆沙包は作り立てのようで、保温のために厚手の布に包まれていたこともあり、まだ温《ぬく》もりが残っている。昨夜の夕食の冷めきった粥《かゆ》とは大違いだ。

美味しそうなその豆沙包に、よだれが垂れそうになる雨妹だったが、ハッとすぐに我に返る。

――これは莉公主殿下のための食べ物なんだからね⁉

そう自分に言い聞かせ、ぐっと唾《つば》を飲み込む。そして目に毒なその箱から視線を無理やり剥がし、ギュッと目を閉じる。けれど美味しそうな甘い香りは、雨妹の鼻を無情にもくすぐってくる。

――ここは地獄か⁉

絶望を味わっている雨妹を見た秀玲が、クスリと笑みを零す。

「たくさん作ってもらいましたから、莉公主殿下お一人ではとうてい食べきれるものではないわ。付き人の方も一緒に召し上がるつもりでの、この数なのよ」

つまり、雨妹が食べる分もあるということで。この秀玲の言葉で、雨妹の心はパアッと晴れ渡る。

「嬉《うれ》しいです、ありがとうございます！　では早速、莉公主殿下を起こして参ります！」

こんなに美味しそうな豆沙包だ、きっと莉公主も喜ぶに違いない。そう考え、急いで寝室へ向かおうとする雨妹だったが。

「おっ、お待ちなさい！」

それを女官が慌てた様子で呼び止めた。

「莉様のお世話をする者は他にいるのですから、お前が起こしに行く必要などないのです」

「え……」

「これ、そこの者たち！　グズグズしていないで早くなさい！」

雨妹が「だって昨夜は全く誰も来なかったよね？」と口を挟む間を与えないようにか、女官は早口で捲《まく》し立《た》て、後半でこの騒ぎを遠巻きに見物している女たちに怒鳴り散らした。

かと思ったら、取り繕った表情で秀玲に向かって微笑む。

「わたくしはどうやら動揺して、思いもしない言葉を口にしたようです。誤解を与えてしまったことを謝罪します」

そう言って雨妹がまだ持っていた冷めて乾いた粥が載っている盆をひったくるようにして奪い取り、そこいらの宮女に渡す。

「おそらく別に、ちゃんとした朝食が用意されているのでしょうが。せっかくの太子殿下のお気持ちですもの、有り難く頂いて、そちらを莉様に朝食として差し上げましょう」

強引に話を都合よく持っていこうとするそのやり方に、雨妹は感心するやら、呆《あき》れるやらだ。秀玲の怒りを聞いていなかったことにしているその様は、まるで前世のテレビ番組で、編集のための撮り直しを演じているかのようである。

――いやいや、それが通じるとかあり得ないからね！

下っ端宮女相手だとどうにでも言いくるめられると高をくくり、酷い扱いをしていたのを、突然太子付きの女官なんていう存在に乱入され、焦っているのだろうか？　そうだとしても、こんな雑な取り繕い方があるだろうか？

この宮の主である林昭容は皇太后派だという話だ。大きな権力者の懐にいるから、自分たちが多少羽目を外しても罰されないという思い込みでもあるのか。前回、胡昭儀のところの文君が罰されたのはたまたまで、皇帝がわざわざ出張ってくるなんてそうそうあるはずがない、と。

それにしても、面の皮が厚いというか。

「それでは、そちらの箱をお預かりいたします。わざわざ届けていただきありがとうございました」

女官は秀玲から箱を受け取り、「お帰りはあちらです」と言わんばかりに片手で示す。あからさまなその態度に、秀玲はニコリと笑う。

「いいえ、莉公主殿下の御様子を伺ってくるように、明賢様から命じられておりますので」

「さようでございますか」

二人の宮女の視線が交わり、火花が散らんばかりだった、その時。

「申し上げます、申し上げますっ！」

遠くから宮女がこちらへ向かって走りながら、叫んでいた。

「なんですか騒々しい！」

「今度はなんだ!?」と言いたげな女官に、その宮女が叫ぶ。

「陛下、皇帝陛下がいらっしゃいましたっ！」

「「はい？」」

すると女官のみならず、雨妹と秀玲の言葉までもが被《かぶ》った。

――え？　これって秀玲さんにも想定外なの？

雨妹が疑問顔で見上げると、秀玲が困ったように呟《つぶや》く。

「明賢様が上手くやったにしては、早すぎますわね」

どうやら皇帝に働きかけていたものの、予想よりも早く到着しているようだ。

「なんということなの⁉」

女官がさあっと顔色を悪くして、慌ててどこかへ駆けていき、報告した宮女もその後を追いかける。

残されたのは、雨妹と秀玲の二人である。こちらの様子を窺ってヒソヒソしていた女たちも、皆どこかへ散っていた。

ともあれ、ここでじっとしているのもなんである。

「えっと、莉公主殿下のお部屋へ行ってみますか？」

「そうね、元々そのつもりだったのだし」

ということで、雨妹は秀玲と一緒に莉公主の様子を見に行くことにした。

二人だけになったことで、周囲を観察していた秀玲がボソリと言う。

「立彬から聞いていたのですが、公主殿下のおられる建物であるのに人が少ないわ」

「私はまだ下っ端なのでそのあたりは疎いのですが。それでも『これはないだろう』というくらい判別できます」

二人で莉公主の寝室へ向かう道中、あちらこちらの視界の隅でこそこそとする影が見られる。誰もかれも皇帝の登場に、「このままでは拙い」と思ってはいても、ではいざどうするべきかわからないのだろう。

「ここ、大丈夫ですかね？」

あたふたしすぎている様子を見て、思わず零した雨妹に、秀玲がため息を吐く。

「ちっとも大丈夫ではなさそうね。仕える者を制御できない主は、落ちていくものよ」

――まあ、そうだよね。

妃嬪たちは位によって、生活のための予算を国から振り分けられるもの。大きな金額を受け取る妃嬪は、それだけの度量を示さなければならない。それができなければ、位に相応しくないということで落とされてしまう。偉くなって大金を得て贅沢三昧《ぜいたくざんまい》、とはいかないものなのだ。だから落ちてしまわないために、妃嬪たちは実家から宮の管理のための人員を送ってもらう。

そうなると、家柄の良い妃嬪が多くの人員を動員できるのは当然となる。そして大金が動く皇后や四夫人は、より難しい宮の管理をやってのけ、手本となる立場を見せつけ、その他数多《あまた》いる妃嬪たちを束ねなければならない。

そのために手っ取り早い手段は、権力を示すことだ。

であるから、皇后や四夫人を良い家柄で占めるのは、恐らく正しいのだろう。この上下関係が崩れると、後宮の秩序が崩壊してしまう。

そんなことを考えているうちに、莉公主の寝室の傍までやってきた。すると――

「早く！　なんて愚図なのかしら⁉」

女のキンキン声が聞こえてきた。

中の様子が予想できてしまう台詞《せりふ》に、雨妹はげんなりせざるを得ない。

――ここの人たちって、どうしてこう迂闊《うかつ》なのかな？

太子の女官が近くまで来ているのだから、聞こえてしまうと想像できないのだろうか？　秀玲を見ると、あちらも頭痛を堪えるような表情である。

「一体、なにを騒いでいるのですか……」

部屋に聞こえるように声を上げた秀玲が、しかし途中で言葉を止めた。

「あ……」

雨妹もまた、気付いた。

室内で声を荒らげていたのは、知らない女官らしき女だ。けれどその女の後ろに、豪奢《ごうしゃ》な格好の女がゆったりと椅子に座っている。

「林昭容」

秀玲がそう呼んだことで、雨妹はこの人がこの宮の主であるのだと知る。

――ああなるほど、やっぱり地味系だな。

だが王美人や胡昭儀と違って、嫌な目をしているな、と雨妹は感じた。その目は、莉公主をまるで穢《けが》れたものであるかのように見つめている。

「ずいぶんと大きく乱暴な声が聞こえたのですが。この宮の者たちは、少々躾《しつけ》がなっていないのではないですか？」

秀玲が低い声で問いかけると、林昭容がゆっくりとこちらに顔を向ける。そして秀玲の後ろに控える雨妹と目を合わせると、ニコリと微笑んだ。

「ねえ、皇帝陛下に気に入られている下級宮女というのは、あなたよね？　だったら友仁皇子殿下の時のようにお涙頂戴で同情を誘って、皇帝陛下に上手く取り入ってくれるのでしょう？」

雨妹はこめかみが引き攣るのがわかる。

――そこだけ切り取られると、腹が立つんですけど！

あの大きな騒ぎを、この林昭容という人はそんな風に思っているのか。すなわち、「子供は皇帝の気を引く道具」だと。

雨妹は「馬鹿なことを言うな！」と叫びたくなるのを、ぐっと呑《の》み込む。

――いけないいけない、ちょっと落ち着け、私。

昨夜もそうだったが、空腹になると怒りっぽくなるからいけない。早くご飯を食べて、幸せを補充しなくては。

「スーハー」と深呼吸をして気を鎮めている雨妹を、秀玲がちらりと見て、林昭容に向き直る。

「今の発言、皇帝陛下を貶《おとし》めるものでしてよ。口にはお気を付けなさいませ」

秀玲の忠告に、しかし林昭容は微笑んだまま、どこか遠い目になる。

「わたくしは散々地味な女と言われ、兄弟姉妹から笑われて育ったわ。けれども皇帝陛下にお仕えするために選ばれたのは、わたくし。笑った連中よりも優れていると認められたと、そう思った」

そう語る林昭容は微笑んでいるものの、その表情がまるで仮面のようだと雨妹は思う。

「そんな時、皇帝陛下の御目に留まって子を授かった。これで今度こそ認められるはずだったのに、産まれたのは『普通の子』ではなかった。家族や宮の者たちから、陛下からお情けを授かりながらもまともに子作りすらできないのかと、陰口を叩《たた》かれる日々……」

林昭容の握っている扇が、ギシッと軋《きし》む。

――なにそれ、酷い言い草！

雨妹は林昭容やその周囲の態度に、怒りを覚える。

莉公主の身に一体なにがあるのかわからないが、『普通の子』なんてなにをもって普通と定義するのか。子供というのは千差万別、『普通』なんて曖昧《あいまい》かつ狭い領域に納まる存在ではない。

「何故なの⁉　わたくしがなにをしたと言うの⁉　誰もかれも、わたくしを笑って見下して……！」

とうとう微笑みを捨て、感情を爆発させた林昭容を前に、雨妹の心は逆に静かに凪《な》いでいくようだ。

前世で小児科や産婦人科に配属になった際のことを思い出す。これらの科の性質上、「子供と親」というものの関係をよく目にする機会があったのだが。

そこで見たのは必ずしも、全員が「幸せな家族」ではなかった。

女だから、苦しい思いをして産んだからという事実と、母親という存在が繋《つな》がっているわけではない。子を産んだというだけであれば、「産んだ人」なだけで、まだ母親ではないのだ。

その点、林昭容はまさに「母親未満」の人なのだろう。「自分を認めてほしい」という気持ちが第一で、莉公主の存在を受け入れられていない。

今も、莉公主を見ているようで、自分を見ている。

――莉公主は本当なら可愛くて愛らしい、幸せを振りまく年頃でしょうに。

まだなににも染まらず無邪気な幼児は、大人の心に純粋な気持ちを思い出させるもの。その力は、どんな子にも共通で備わっているものだ。

それに幼少期に他の子よりも多少病がちであっても、それはほんの一瞬のこと。大人になって大化けするなんてことはザラにあるのだ。

そして子供は「産んだ人」を「母親」にしてくれる。これは父親も同様で、時にはたとえ赤の他人でさえも、子供は向き合っている存在を「親」へと昇華させるのだ。

そんな幸せへの道を、自分から捨ててしまっているなんて。

「……可哀想な人」

思わず雨妹の口から、そんな言葉がポロリと零れる。

これに、林昭容が顔色を変える。

「下級宮女のくせに、お前までわたくしを憐《あわ》れむというの⁉」

鬼気迫る様子の林昭容から、秀玲が庇《かば》おうとして自らの後ろへ雨妹を隠そうとしてくれるのだが、雨妹はあえて前へ出る。

「林昭容、あなたはそのような些細《ささい》な拘《こだわ》りで、莉公主殿下のお可愛らしい年頃を捨ててしまったのですね。あなただけではない、この宮の誰も莉公主殿下と共にいることの幸せを、知ろうともしなかった。これを可哀想と評さずに、なんと申せばいいのでしょう」

自分が上手くいかない原因を全て子供に押し付けても、なにも変わらないのに。それに「普通の子ではない」、「まともに子作りすらできない」などと、母親の口から聞かされる莉公主の気持ちなど、これっぽっちも考えずにいるなんて。

雨妹のこの言葉に、林昭容は表情を歪《ゆが》ませる。

「可愛い子なら、わたくしだって愛したわ！　こんなに苦しむこともなかった！」

「子供というのは、鏡のようなものだと申します。莉公主殿下を見てそう思われるのであれば、林昭容はご自身が『可愛い』存在ではないのですね」

これに、林昭容は座っていた椅子から立ち上がる。

「下級宮女ごときが、そんな口を利くなんて！　お前などわざわざ呼んでやったのだから、せいぜい媚《こび》を売っていればいいのよ！」

どこまでもこちらを都合のいい存在扱いしようとする林昭容に、しかし雨妹は黙ってやらない。

「私、これでも怒っているんです。仕事終わりでクタクタのところを攫《さら》われるようにして連れて来られて、ろくな説明も受けずに莉公主の元へ連れて行かれ、育児放棄現場を目撃して衝動でなんやかんやと働いたというのに、肝心のお世話係は姿を現さないどころか、ご飯の差し入れもない！」

特に、最後の「ご飯の差し入れ」を強調する。誘拐されてハラヘリを強要されて、どれだけ切なかったかわかるだろうか？

「下っ端宮女は、どうせなにも言えないと思いましたか？　お生憎ですが、私にも立派な口が付いていますので」

雨妹はこうして、昨夜からの鬱憤《うっぷん》を一気にぶちまける。

——よし、逃げよう！

言ってしまったことに後悔はないが、いつまでもここにいるのは危険だろう。ついでに莉公主もここにいていいことはないだろうし、虐待が加速する心配もある。なのでいっそ莉公主を抱えて、太子宮まで逃走するか。

そんなことを雨妹が真剣に考えていると。

「子は鏡となん、なるほど深い言葉だ」

部屋の外から男の声がした。

「皇帝陛下！」

秀玲が慌てて叩頭《こうとう》するのに、雨妹も続く。

——そういえば、来たって話だったっけ。

林昭容の存在のせいで、すっかり忘れていた。雨妹は叩頭したまま、なんとか目だけで皇帝の姿を見ようとするが、視界に入るのは下半身がせいぜいである。

「朕も子を幾人も持つ身、あれらはまさしく朕を映しておったのか。次からはしかと顔を見ることにしよう。まずはそなたtéž だな」

皇帝はそう言うと部屋へ入り、雨妹たちと同じように叩頭した林昭容の前で立ち止まることなく通り過ぎ、莉公主の前に立つ。

床にへばりつかんばかりの莉公主に、皇帝は「ふむ」と首を捻《ひね》る。

「そなた、あまり顔を見る機会がなかったか。確か『身体が弱いので人前に出せない』と言われたのだったか。身体が弱いとは、朕の兄と同じだな。兄はそのせいで幼き頃に病に罹《かか》り、あっけなく死んだ」

皇帝の語りに、莉公主が震えているようなのだが。

——不穏！　話の内容が不穏！　今はもっと和む話をするところでしょ⁉

突っ込みたくてうずうずする雨妹だったが、皇帝が「しかし」と続ける。

「そなたは朕の兄と違い、よき医者に巡り合う好機に恵まれたぞ。その幸運を大事にせよ」

皇帝がそう告げた後、「こちらへ来い」と部屋の外へ命じた。

「はい、ただいま参ります」

——陳《チエン》先生だ！

皇帝に促されて入って来たのは、陳であった。雨妹は頼んだ物の手配だけしてもらうつもりだったのに、わざわざ来る羽目になったらしい。忙しい中ご苦労様である。

「医官よ、速やかに手当てをせよ。終われば莉は連れて行く」

「なっ……！」

皇帝の言葉に、思わず顔を上げた林昭容の顔は蒼白《そうはく》であった。

「似ていると思った朕の目は、曇っていたようだな」

そう零した皇帝は、入って来た陳と入れ替わりに立ち去ろうとする。その途中で、雨妹の前で立ち止まる。慌てて視線を伏せ直す雨妹の後頭部に、視線が刺さっている気がするのだが。

――止まらないでいいから！　忙しいだろうから早く戻っていいから！

偉い人に会う機会など少ないので、うっかりボロが出るのが怖い。皇帝の前でのボロ出しとは、つまり人生の終了である。

このように雨妹がビクビクしていると。

「なるほど、鏡か」

そう言った後、今度こそ去って行く。

「陛下、お待ちくださいませ皇帝陛下！」

林昭容がどれだけ呼ぼうとも、皇帝は振り返ることはなかった。


それから皇帝のお付きの宦官《かんがん》たちが、部屋から宮の人員を全て追い出す。そして誰も立ち入らないように外で見張っていた。手当てが済めば、あの宦官たちが莉公主を連れて行くのだろう。

莉公主と共に室内に残されたのは雨妹と秀玲、そして皇帝と共に来たらしい陳と、実は彼らと同行していたらしい立彬であった。

――おお、いたんだ立彬様。

見知った顔を見て、ちょっとホッとする雨妹である。

「ちょっと、どういうことなのかしら？」

秀玲がすぐに立彬へ皇帝がこれほどに早く来た事情を聞きに行く。

「こちらもなにがなんだか。は……秀玲殿がこちらに向かわれてすぐ、皇帝陛下が直々に太子宮に

見えられたのです」

なるほど、どうやら今回は皇帝の予想外の行動だったようだ。

「災難だったな、雨妹」

陳が持って来た薬箱から手早く薬を取り出しながら、雨妹に同情の視線を向ける。

「色々あって疲れました。そしてとにかくお腹が空きました。あ、そうだ。陳先生アレは？」

「おう、持って来たぞ。保湿の薬だろう？」

そう言って陳が床に並べて見せたのは、化粧水に乳液、保湿軟膏《なんこう》である。これらで莉公主の全身に潤いを足してやれば、不快感が減るはずだ。雨妹は保湿を手伝おうと、未だに叩頭の体勢から頭を上げただけの姿勢で固まっている莉公主を、きちんと立たせてやる。

「そうだ、莉殿下も朝食がまだなのですよね？　わたくしはこの手土産を温め直してまいりますので、竈《かまど》を使いますわね」

秀玲がそう言って出ていくのを、雨妹は楽しみな気持ちで見送り、莉公主に視線を戻す。

——って、あれ？

雨妹はとある違和感に気付く。今朝方寝ている様子を観察した時、顔の額のあたりにこんな赤みがあっただろうか？

「莉殿下、ちょっと失礼しますね」

雨妹は莉公主の髪をどけて、よくよく観察する。水痘とは違った種類の赤みが、明らかに増えている。服の袖《そで》も捲《まく》ってみると、こちらにも水痘のものとは違う赤みがある。

――これって、アトピーっぽい？

雨妹が抱いた違和感の正体に気付いた時。

「なんと、皮炎も出てますな。こりゃあさぞ痒《かゆ》かったでしょう」

横から同じ箇所を覗《のぞ》き見《み》た陳が、眉《まゆ》をひそめて言った。

前世で言うところのアトピー性皮膚炎は、この国でも一般的である。皮炎と言われて他の皮膚の炎症と一緒くたに呼ばれるのだが、ちょっとした刺激で痒みを感じて湿疹《しっしん》になりやすい体質として知られている。

アトピー性皮膚炎とは、刺激や乾燥などから身体を保護する機能が低下してしまい、痒みのある湿疹が良くなったり悪くなったりを慢性的に繰り返す病気だ。痒いので掻《か》いてしまうと、さらに保護機能が低下するという悪循環に陥ってしまう、厄介なものである。

治療に必要なのは一にも二にも保湿による肌の手入れ。そして薬と、痒みを誘発する原因を取り除くこと、なのだが。

「……ひえん？」

初めて聞いたという莉公主の様子に、雨妹はまたもや表情を維持するのに苦労を強いられる。

――こりゃあ、普段からロクに医者に見せていないんだね。

陳も雨妹と同意見だったようで、眉をぐっと上げる。

「皮炎というのはですな、このように突然皮膚が火傷《やけど》のように赤くなることですよ。もしや頻繁に症状が出ていたのですかな？　早くわかっていれば、楽にする薬などいくらでもありましたものを」

そう言いながら、皮炎に効く薬を薬箱から取り出す。

「皇帝陛下の侍医殿が知らなかった、なんてないですよね？」

雨妹が小声で尋ねると、「ハッ」と陳が息を吐く。

「あるわけないだろう、こんなものよくある症状だぞ」

これも、女官たちが病の知識があるわけでもないのに、勝手に診断を下して放置していたのか。見た目が悪いのを明らかにしたくない一心で。

そして莉公主を人前に出さなかったのは、この皮炎が原因かと思い至る。

——どんだけ世間体を気にしてたのよ、ここの人たちって。

きちんと肌の手入れさえしていれば、綺麗《きれい》な肌を維持できるものを。手抜きをするから悪化するのだ。このあたりが、宮女や女官の質の問題か。他人の世話をする訓練を修めきっていない人たちが多かったのか。

——家格って、案外大事なんだね。

偉い家の人はそれなりに努力していることを、改めて知る雨妹であった。


莉公主の手当てをしたところで、秀玲が温め直した豆沙包を持って戻って来た。甘いいい香りが、雨妹の空腹を刺激する。

「莉公主殿下はわたくしがお世話をしますから、雨妹は他で食べてらっしゃい」

そう言って視線で示した先には、皿に載った豆沙包を持つ立彬がいる。恐らくあれが雨妹の分ということだろう。

もしかしたら、普通ならやせ我慢をして「大丈夫です」と言うべきところかもしれないが。生憎雨妹にはもうそのやせ我慢をする気力が残っていなかった。

「それでは、ご厚意をありがたく頂戴《ちょうだい》します」

というわけで雨妹は立彬と共に移動して部屋から出ると、庭に出て昨夜と同じ石に座った。立彬がその隣に立ち、皿を差し出しながら口を開く。

「お前を攫《さら》った二人組だがな、あっさり捕まったぞ。金が手に入ったとかで自慢していたので、発見が楽だったそうだ。普段から素行の悪い奴《やつ》らだったらしい」

「早いですね、でも悪い奴が捕まって安心です」

立彬が教えてくれた内容に、雨妹も皿を受け取りながら頷《うなず》く。

雨妹はあの二人から床に落とされた腰の痛みは忘れない。もしあれで腰を悪くしたらどうしてくれたのか。幸い軽い打ち身程度で済んでいるみたいだが、損害賠償を請求したいところだ。これは後で楊にでも相談しよう。

続いて立彬が告げる。

「莉公主殿下の身柄だが、皇太后陛下が引き受けることになるだろう。既に陛下が話を通してあるそうだ。皇太后陛下も了承されているという」

「まぁ、順当な線ですよね」

皇后や皇太后の伝え聞く人柄はともかくとして、皇帝の正妃である立場の人は、皇帝の子供を保護する役割があるのだ。加えて友仁皇子の件での悪評を、これで払拭《ふっしょく》しようという狙いもあるかもしれない。

――なんでもいいけどね、子供が一人助かるのなら。

理由やきっかけは、別に高尚なものでなくてもいいのだ。ただ健全な環境を与えることさえできれば。第一、子供というのはたくましいもので、誰かがいちいち導かなくても、勝手に育っていくのだから。

ともあれそんなこんながあってから、今ようやく朝食にありつける雨妹は、目の前の豆沙包にかぶりついた。餡子《あんこ》の甘さが、口の中に広がっていく。

「んー、うまぁい！」

雨妹の心からの叫びが、もう日が高くなりつつある空に響いた。

それからなんだかんだとやることを終えると、雨妹はようやく自分の部屋へ戻ることができた。

「阿妹《アメイ》、やっと帰って来た！」

攫われたという経緯から、一応の用心として立彬が同行しての帰宅となった雨妹を、美娜《メイナ》が楊と共に待っていた。

「どこに行ってたんだい？　全くこの娘《こ》は心配をかけて……！」

そう言って美娜にギュッと抱きしめられ、雨妹は彼女の豊かな胸で息が詰まりそうになる。

「ほれ美娜、加減しな。小妹《シャオメイ》が苦しそうだよ」

楊がそう言ってくれたおかげで、雨妹は胸に埋まった顔を救出できた。

「美娜さん、楊おばさん、ただ今戻りました。えらい疲れましたよ」

「そのようだね、ちょいとやつれているよ」

どうやら雨妹はやつれているらしい。きっと気疲れと怒り疲れだ。もう今日は部屋に戻って寝たい、と思っていると。

「そうそう、太子殿下のところの鈴鈴《リンリン》が訪ねて来たよ。お前さんが帰っているかってね」

「鈴鈴が？」

――友よ！　心配してくれたんだね！

ギスギスした空間に一晩放り込まれたせいで、そうした気遣いが心に沁《し》みる。寝て元気になったら手紙を書いて、近いうちに休みを合わせておやつを食べたい。小動物系宮女の鈴鈴に癒されたいのだ。

雨妹が人の情けの有り難さに、改めて感じ入っていると。

「楊殿」

立彬が楊に声をかけていた。

「ああ立彬様、太子殿下に改めてお礼を伝えておいてくださいませ」

そう言って丁寧に頭を下げる楊に、立彬が言う。

「楊殿、今回の件を誰かに伝えましたか？」

「伝えた？　はて、雨妹が戻らないので、ここの宮女はみんな騒いでましたけどね」

「……なるほど」

このように、立彬と楊のわかるようでわからない会話に首を傾げると。

「阿妹、麻花《マーホア》があるよ。疲れたんなら甘いものさね。立彬さんも食べていくかい？」

「麻花っ!? 嬉《うれ》しい、食べたいですっ！」

美娜にそう言われた途端に、すぐに忘れ去る。豆沙包は朝食として食べたが、麻花は別腹だ。どんなに嫌な思いをしても、美娜特製麻花はそれを洗い流してくれる不思議な力があると思う。

というわけで食堂へ移動すると、美娜が皿に盛った麻花を置く。

「やっぱり私、美娜さんの麻花大好きですっ！」

「嬉しいことを言ってくれるねぇ」

美娜がニヤッと笑いながら、自分も麻花を一つつまむ。

ちなみに誘われた立彬は、すました顔をしながらもしっかり麻花を食べていったのだった。

第四章　花の宴

最近、季節は次第に暖かさを増している。

後宮ではインフルエンザもピークを過ぎつつあるのか、徐々に勢いが衰えてきていた。

そうなれば、いよいよ春到来だ。

雨妹《ユイメイ》としても綺麗な庭を眺めつつ掃除すると、とても気分よく作業が進む。そして庭園の花を眺めながらのおやつは、一段と美味《おい》しい。掃除の後のおやつ休憩は、ちょっとしたお花見気分だ。

庭園の梅の花はそろそろ散り際だが、代わりに桃の花が満開の時期を迎えていて、とても見ごたえがある。

そんな春の盛りのある日、朝の食堂で後宮では誰もかれもが浮かれていた。いよいよ花の宴が近いのだ。

あちらこちらで何番目の皇子がどうのという話で盛り上がるのが聞こえる。宮女たちにとって花の宴は、皇子に見初められる絶好の機会なのだろう。

雨妹にとって皇子はどうでもいいが、それよりも関心を引いたことがある。それは花の宴で着飾りたい女たちのために、もうすぐ商人がやって来て露店を開くらしいということだ。

「新しい簪《かんざし》を買いたいわ」

「いい色の紅はあるかしら」

買い物をしたくてうずうずしている宮女たちが、あちらこちらでそう囁《ささや》き合っている。世界は変われど、女は買い物が好きなことは変わらないようだ。

雨妹としては装飾品にさほど興味はないが、買い物はしたい。

なにせ辺境では自給自足の物々交換が基本で、買い物なんて縁遠い生活だったのだから。渡された給金にだって、初めて見た貨幣もあったりする。

今世《いま》で未だ満たされていない買い物欲を、この際思いっきりぶつけてやりたい。

――なにかいいものがあるかなぁ？

期待に胸を膨らませつつも時は過ぎ、商人がやって来る日の朝となり。

「ようし、買い物だ！」

雨妹は仕事をパパッと終わらせ、露店が開かれている広場へと向かう。

ウキウキ気分な雨妹だったが、忘れてはならないのは、後宮は序列社会だということ。それは露店での買い物でも反映されるもので、先輩宮女から先に買い物をしていくのだ。

結果、どうなるかというと。露店は先輩宮女や女官に散々荒らされ、残りかすのような物しか残っていない状態であった。

「……まあ、こうなるよね」

下っ端宮女の買い物事情なんて、余りものから選ぶしかないのだ。

雨妹としては事前に予想できる状況なので、さほど落ち込みはしない。むしろ余りものには福があることを期待して、掘り出し物を狙う楽しみがあるだろう。

ちなみに、妃嬪たちは商人が直接売りに行くため、ここに来ることはない。妃嬪付きもそこで買い物の恩恵に与《あずか》れるため、宮女たちは専属の立場を欲しがるという面もあったりする。

それはともかくとして。

残りかすの中でも必死に装飾品を探す宮女たちを横目に、雨妹は装飾品以外の品物が並ぶ場所にしゃがんでいた。こちらはあまり見向きもされなかったらしく、他に比べてそこそこ品物が残っているのだ。

雨妹が見ている場所には鍋《なべ》などの調理器具や裁縫道具といった雑多なものが置いてある。どうやら今日の主役商品以外を、ここへぎゅっと詰め込んだようである。

「へぇ、結構色々あるな」

物色する雨妹に商人は物珍しそうな視線を寄越《よこ》すが、そんな周囲の視線はなんのその。雨妹はじっくり品物を眺めていると、鍋に埋もれて置いてある、ガラス瓶に入れられた色とりどりの飴玉《あめだま》が目に留まる。

——これを毎日一つずつ食べるとか、いいかも！

「これください！」

飴の瓶を持ち上げる雨妹に、商人は「お買い上げありがとうございます」と言ってにこやかに笑う。

「えっと、お代ね……」

雨妹が商人に代金を払うため、持ってきた財布代わりの袋を懐から出そうとしていると。

「お前は、買うべきものは他にあるだろうに」

頭の上からそんな男の声が降って来た。雨妹が顔を上げると、斜め後ろに立彬《リビン》が立っている。

「立彬様も買い物ですか？」

彼がこの場にいる理由が他に思いつかず、雨妹はそう尋ねた。

「太子宮で済ませた」

しかし返って来た当然といえば当然な答えに、雨妹も「そりゃそうか」と納得する。では、立彬はどうしてここにいるのか。疑問顔の雨妹を余所《よそ》に、立彬は手を伸ばして商人の手元へ小銭を落とす。

「これで足りるか？」

「足りるどころか、釣りが出ますよ」

——あれ？

立彬と商人の会話に、雨妹は首を傾《かし》げる。今のお金はもしや飴の代金だろうか。何故《なぜ》にこの男が払っているのだろう。

「釣りはいらん、貰《もら》っておけ」

「ありがとうございます」

そのまま支払いが完了してしまい、しかも「釣りはいらない」などと金持ち発言が飛び出す始末。

「立彬様、飴玉で私を買収する気でも？」

ジトリとした視線を送る雨妹に、立彬が軽く息を吐く。

「ずいぶんと安い買収金額だな。第一お前を買収してどうなるものでもないだろうに」

確かにどこかの上級妃嬪付きでもない、掃除係の宮女を買収しても、あまりうま味はないだろう。どうやらなにかの交換条件ではないようだ。

ということは、純粋に立彬に飴を買ってもらったということで。

「じゃあ、買ってくださりありがとうございます、美味しく食べます」

雨妹は自分のものとなった飴が入った瓶を抱えて、ホクホク顔で礼を言う。

いつまでも露店の前に立っているのも邪魔なので、雨妹は立彬とその場を離れると、改めて飴の瓶を眺める。

「うふふ、綺麗《きれい》だなぁ」

中の飴が色とりどりなため、部屋に置いておくと飾りにもなるだろう。暖かくなってきたとはいえまだまだ涼しいので、溶けることもないはずだ。鑑賞できて美味しく食べられるなんて、最高ではないか。そんなことを考えてニマニマする雨妹を見た立彬が言った。

「買い物なら他にも、装飾品を選べばいいだろう」

そして視線を装飾品が並ぶ場所にいる他の宮女たちへ向ける。彼女たちは余り物であっても少しでもマシなものを買おうと、目を凝らして一つ一つの品物を見ているのだが。

――私にアレに交じれってか。

立彬にとっては親切心からの助言だろうが、生憎《あいにく》雨妹にそんなものを買う気はない。

「興味ないですもん、掃除の邪魔になって普段使いもできないですし」

そうバッサリと言い切る雨妹に、立彬が眉《まゆ》をひそめる。

「全く、殿下が心配した通りだな」

そう告げてため息を吐《つ》いた立彬が、懐から布の包みを取り出した。掌《てのひら》くらいの長さの細い包みで、それをこちらに差し出す。

「なんですか？」

「やるから、開けてみろ」

訝《いぶか》しがる雨妹に、立彬は包みを強引に押し付ける。

――なんか、詐欺っぽく見えるんだけど。

後で高額な支払いを請求されまいか、という考えが脳裏を過《よ》ぎったが。

「早くしろ」

急《せ》かす立彬の視線の圧に負けた雨妹は、飴の入った瓶を地面に置くと、渋々包みを開けた。

すると、中にあったのは。

「……簪？」

そう、小ぶりな赤い花の飾りが可愛《かわい》らしい、若い女向けの意匠の簪だった。

――何故に簪？

雨妹は立彬から簪を手渡された意味がわからない。

「なんですかこれ？」

心底不思議そうに立彬を見上げると、ため息が降って来た。

「女だったら普通、ここは喜ぶべきだろう」

立彬はそうぼやくが、喜べないのはくれた相手の態度にもよると思うのだが。

雨妹だって普通男が女に贈り物をすることの意味くらい、ちゃんと知っている。装飾品を渡して告白するのは、前世のドラマでもよく使われていたのだから。

しかし、今目の前にいる渋い顔をしている男が、そういった用途で簪を差し出しているかと言えば、答えは否だろう。告白をしてくるような会話ではなかったし、そういった雰囲気も見られず。立彬が照れ隠しをしているようにも全く見えない。

――私が鈍いみたいな言い方、やめてほしいんだけど。

釈然としない気持ちの雨妹に、立彬が真面目な顔で言った。

「もうじき花の宴だろう。簪の一つでもつけていないと困ったことになるぞ」

花の宴と簪の有無に、一体どんな関係があるというのか。

というか、花の宴は全員参加なのか。

「私は正直、外から来る皇子なんてどうでもいいんですが」

雨妹は当日どこかでご馳走《ちそう》の残りでも手に入れて、隅っこでまったりしていようと思っていたのだが。

この目論見《もくろみ》に対して、しかし立彬は首を横に振る。

「大々的な宴《うたげ》だからな、サボりなんぞ許可されるはずがないだろう。そして華やかな場所では、その頭巾《ずきん》をしておくわけにはいくまい」

立彬曰《いわ》く花の宴とは、宮女も含めた後宮の女全てで盛り上げなければいけない催しらしい。宮女たちも花見の花の役割を負っているのかもしれない。だから末端の宮女であっても、それなりの格好をしていろということだろう。

――面倒臭いな、後宮の花見って⁉

勝手に酒を飲んで酔っ払っていればいいのに。雨妹がそんな風に思っていると、さらに問題点を追加する。

「誰かに聞いているだろうが、花の宴は招待された公主殿下や皇子殿下なども出席される。簪の一つもつけていない宮女はそうした外部の者、特に皇子殿下に目をつけられやすい」

「それって要するに、皇子殿下とかにお持ち帰りされちゃうってことですか？」

だとすると、皇子たちの目に留まろうと懸命になっている宮女たちの買い物が、全くの無駄ということになるのだが。

雨妹の疑問に、立彬が眉を寄せる。

「妙な言い回しをする奴《やつ》だな。簪を贈られる相手もおらず、買う金もないのだから、なにをしても揉《も》み消すのが容易だと思われるということだ」

――なるほど、悪戯《いたずら》の対象に選ばれやすいのか。

できれば避けたい目のつけられ方である。

太子の兄弟皇子だと、雨妹の兄弟（仮）ということになる。自分に近親相姦《きんしんそうかん》の趣味はない。さらに言えば皇帝の子を皇子というのなら、皇帝の兄弟も皇子だ。彼らも来るかもしれないとなると、余計面倒に思えてくる。

しかも立彬の言い方だと、悪戯が原因で子供が出来ても、恐らく認知されないのであろう。それどころかとっとと尼寺に捨てられそうだ。

母娘《おやこ》揃《そろ》って同じ境遇に陥るなんて、絶対御免被りたい。

——花の宴で皇子に近付くべからず、よし覚えた！

自身の脳に注意事項を焼き付けたところで、次に気になるのはこの簪《かんざし》の素性だ。

「この簪は、どなたが用意したもので？」

雨妹が尋ねると、立彬が肩を竦《すく》めて答えた。

「私だ。初めは明賢《メイシエン》様が買おうとなさっていたが、宮女に簪を贈るなぞ誤解の元だろう」

確かにそれはそうだ。太子に囲われる宮女という噂《うわさ》が立つのは、雨妹だって嫌である。

——でもこれって、立彬様が自分で選んだのかな？

改めてまじまじと見ると、派手でなく、かといって地味でもなく、適度に可愛く品のある簪である。これを立彬が選んだとしたら、なかなかいい趣味をしているではないか。

この贈り物選びの巧みさがあれば、宦官《かんがん》でなければさぞかしモテることだろう。宦官であることに疑いがあるのは、今はおいておくとして。

さて、この簪が立彬からの貰いものであるのはわかった。であれば次に気にするべきことは、簪とはどう使うのか、ということだ。

「私、こういうの使ったことがないんですけど」

なにせ前世でもあまり身近ではなかった装飾品だ。雨妹が簪をどうすればいいのかわからず、ただブラブラ振っていると。

「……仕方ない、貸してみろ」

立彬が雨妹の手から簪を取り、頭巾を外して髪を勝手にまとめ直し、簪をさす。

「こんなものだろう、やはり赤い花で正解だったか」

飾り終えた立彬が、一歩離れて出来栄えを確認する。短時間でしてしまうとは、以前も思ったが髪をいじるのが上手《うま》い男だ。そして、やはり立彬自身で選んだ簪らしい。

――なんていうか、そつのない人だなぁ。

それはともかく、完成したのなら雨妹もどうなっているのか見たくなる。

「見たいです！　どこか硝子《ガラス》ないですかね？」

「ここに鏡がある」

雨妹が姿が映る場所を探そうとすると、小さな手鏡を差し出された。というか手鏡を持ち歩いているとか、用意が良いにも程がある。

ともあれ、早速鏡を覗《のぞ》き込むと。

――あ、なんか私可愛い！

赤い花が髪に映えて、ぐっと華やかな雰囲気になっていた。雨妹は様々な角度から鏡で頭部を見て、口元を緩める。皇子に選ばれようとお洒落《しゃれ》を頑張る気になれなかっただけで、自分だって可愛

い格好をすれば嬉《うれ》しいのだ。

もっとちゃんと見たいからと、鏡を立彬に持ってもらってクルクル回る。

そんな雨妹を見て、立彬がポツリと呟《つぶや》く。

「……意外に女らしいところもあるのだな」

しかしこの言葉は、幸いというかはしゃぐ雨妹には聞こえていなかった。


そんなこともあった後。宮女たちは皆、花の宴に向けての最終準備で大忙しだった。

もちろん雨妹だって例外ではなく。後宮中をピカピカに磨き上げるのは完了していたのだが、庭園に設置する卓や椅子の揃いのものを物置から出して磨き上げるなど、その後もとにかく道具の磨き上げ作業ばかりが待ち受けていた。

台所番の美娜《メイナ》も、料理の作り置き作業に追われている。

後宮には氷を利用した冷蔵庫があるが、その容量は大きなものではない。なので新鮮な食材を使う料理は当日の早朝から作るのだが、保存が利くものは数日前から作っておくらしい。

なので台所はここのところずっと遅くまで明かりが灯《とも》っていた。

こんな風に、準備要員の宮女がヘロヘロになって走り回った、花の宴当日。

雨妹は部屋で、棚に備え付けの鏡を前にして戦っていた。

「うーん、難しい……」

戦っている相手は、立彬から貰った簪だ。特別に着飾ったりせずとも、髪だけでもなんとかせねばと試行錯誤しているのだが、なかなか上手くいかない。

——これぱっかりは慣れかなぁ。

もう面倒だから簪は諦《あきら》めようかと、雨妹が本末転倒気味な思考に陥りかけていると。

「阿妹《アメイ》、いるかい？」

そこへ、美娜が訪ねてきた。

「なんですか？　今ちょっと取り込んでいるっていうか……」

顔だけ出して応対する雨妹の、グシャグシャになっている髪を見た美娜が、ため息を吐いた。

「心配して来てみればこれだよ。阿妹ったらまさか、素の顔で宴に出る気じゃないだろうね？」

「え、このままで行く気ですけど？」

化粧水などの基礎化粧品は作ってあるものの、おしろいなどの化粧道具は持っていないのでどうしようもないではないか。そんなことを考える雨妹に、美娜がくわっと目を見開く。

「それでいいわけないだろう！」

そして靴を脱いで部屋へ入って来ると、雨妹を鏡の前に座らせ、床に木箱を置く。箱の蓋《ふた》を開ければ、中に入っているのは化粧道具だ。

「ほら、じっとして！」

美娜はそう言って雨妹を押さえつけ、顔におしろいを施す。

「阿妹も一応女なんだから、お洒落をしないと」

そう言って妙に張り切る美娜だが、雨妹としては困ったことになった。

「あの、私、あんまり目立ちたくないんですけど」

雨妹がおしろいの粉でくしゃみをしたくなるのを懸命に堪《こら》えながら告げると、しかし美娜は笑顔で返す。

「安心しな、アンタよりも目立つ派手なのがゴロゴロしているから」

「あー……」

この台詞《せりふ》に、雨妹は気合が入り過ぎて空回り気味の宮女の面々を思い浮かべる。

――まあ確かに、仮装大会に出場するのかっていう人がいたけどね。

その筆頭が梅《メイ》なのだが。なんかすごく派手な鳥の羽根を頭にさして、とにかくすごい出来栄えだった。もう本当に「すごい」しか言葉が出ないくらいに。

あれに比べれば、確かに少しの化粧は地味だろう。そんな安心できるのか微妙な対比を考えながら、頬にも軽く色を入れられ、唇に紅をひかれる。

「よし完成！　アンタって化粧が映える顔だね」

満足そうな美娜に、雨妹は眉を寄せた。

「……それって顔が平凡だって意味ですよね？」

化粧というのは目鼻立ちがはっきりしているよりも、薄い顔立ちである方が、効果を発揮するものなのだ。

ともあれ、顔が完成すれば次は髪を整える番だ。美娜は慣れた手つきで髪を綺麗《きれい》に纏《まと》めると、置いてあった簪を取った。

「この簪どうしたんだい？　簪なんて持ってなかっただろう？」

美娜が簪をさしながら興味深そうに尋ねる。普段の雨妹はこんなものをしていないし、部屋に置いてあるのも見たことないからだろう。立彬にさしてもらった時も、あの後すぐに外したので誰にも見られていないのだ。

「これは貰《もら》ったんです」

雨妹は嘘《うそ》をつくこともないので、本当のことを話す。

「なんだい、アンタも隅に置けないねぇ」

美娜が若干ニヤニヤしているのは、色っぽい内容を期待しているからだろう。

しかし残念ながら期待に沿えそうにない。

「立彬様から、簪の一つでも持ってろって言われて貰ったものなんですけどね」

この説明を聞いた美娜が複雑そうな顔をする。

「立彬さんかい。宦官をひっかけたってのは、いいような不毛なような」

——まあ、そういう感想になるよね。

美娜の反応は、宮女にとっては普通のものだ。宦官を相手にしても子が望めないので、どんなに美青年でも彼女たちにとっては相手になり辛《づら》いのである。

そんな話はさておき、美娜のおかげで雨妹もこうして一応、花見の花としての体裁が整ったわけで。

それから慌ただしく会場へ向かうと、いよいよ花の宴が始まった。

主会場となっている庭園に集まった妃嬪たちが、それぞれにお茶をしながら歓談をしている。

「まあ素敵ね」

「今年も花が美しく咲いたこと」

そう言葉を交わし合う姿は優雅である。

雨妹はその様子を遠目に収めながら、会場の端っこの方でぼうっと立っていた。

美娜たち台所番などは料理の追加などで忙しくなるが、雨妹たち下っ端宮女はそうした仕事はもうない。強いて言えば、賑《にぎ》やかし要員としてそこいらに並んで立っているのが仕事である。

――これじゃあちょっと料理をつまみ食いなんてできそうにないね。

そうなると雨妹には、人間観察くらいしかすることがなく。自分の青っぽい髪が目立たないように、背の高い宮女たちに紛れるように立ちつつも、妃嬪たちの様子を覗き見する。

雨妹が配置された場所は太子宮方面ではないため、太子や立彬の姿は見えない。その代わりよく見えるのが上級妃嬪たちである。

「まあその髪飾り、新作ではなくって?」

「そちらこそ、その衣装は最近流行《はや》り出した染め物ですわね」

彼女たちはお互いについて褒め合いながら、和気あいあいと花見を楽しむ。

しかしよく見れば、彼女らは二つの集団で纏まっていることに気付く。庭園の奥の最も景色のいい場所に陣取っている妃嬪たちと、そこから離れた場所に固まっている妃嬪たちとに自然と分かれているのだ。

――皇太后派と、そうじゃない人たちかな。

宮女たちのひそひそ話に耳を澄ませば、庭園奥の集団で中心に座る年配の女が、噂の皇太后だという。確かに、その辺りからことさら賑やかそうに声が流れてくる。

――皇太后といえば、莉公主はどうしているかな？

目を凝らすが、どうやらその姿はないようだ。莉公主はまだ幼いので、宮で留守番しているのかもしれない。もし連れて来たなら、皇太后は「可哀想《かわいそう》な子を保護した」と印象付けるために、盛大に見せびらかしそうな気がする。

そんな華やかな女たちの一方で。

「そこの女、こちらに酒を回せ」

「こちらには料理を持って来い」

女官や宮女に命令口調で指示するのは、宦官ではない男たちだ。皇太后の周囲に数人侍《はべ》っている男たちは、どれも皇帝と同世代に見える。彼らは皇帝の兄弟皇子だろうか。それ以外にも若い男の姿があり、妃嬪たちと楽しそうに話している。そちらの方は太子の兄弟皇子だろう。

――アレが近付いたらダメな人たちか。

ここで宮女たちに埋もれている間は、恐らく彼らの視界に入ることはないと思われるので、ここでじっとしておくのが吉だろう。

ところがやがて問題が発覚する。

暖かくなってきたとはいえ、じっと立っているだけだとだんだん身体《からだ》が冷えてくるもの。冷えると尿意を催すのは自然の摂理であるからして。

「ちょっと、洗手間《シーショウジエン》に行ってきます」

雨妹は近くの宮女にそう断って、その場を離れることとなった。

こうして洗手間のために離脱した雨妹だったが、それから結構歩く羽目になり。

「なんで洗手間が近くにないのさ、全く」

それほど差し迫った状況ではなかったとはいえ、我慢しながら歩かされた雨妹はプリプリと怒っていた。洗手間がどこにあるのかわからず、無駄にウロウロしたというのも敗因である。今度から洗手間の場所をちゃんと確かめておこうと心に決めたのだった。

そして結構時間をくったので、元の場所へ戻るのに最短距離で行こうと、とある小道を通った時。

「きゃははは！」

聞き覚えのある子供の笑い声が耳に飛び込んできた。声がするのは、人気《ひとけ》のない場所からだ。

——この声、もしかして……。

雨妹は声の方をそっと覗いてみる。

「これ、温かいね！」

「はい、台所番の宮女が温め直してくれましたからね」

すると視線の先には、若い娘とそんな会話をする友仁《ユレン》皇子がいた。

茂みに囲まれた場所の芝生に敷物を敷いてあり、いくつか料理の盛られた皿が並べられている。

二人だけで花見をしているのか、これでは宴というよりまるで野遊びをしているようだ。

娘はあの文君《ウエンジユン》の件の後で、新たに付けられた世話役なのだろう。料理を小皿に取ったり友仁皇子の口元の汚れを拭《ぬぐ》ったりと、懸命に世話を焼いている。

――よかった、元気そうにしてる。

彼女に一生懸命に話をしている友仁皇子の表情は明るく、怯《おび》えた様子も見られない。あの皇子付きの女官の文君が出て行ってから、生活が改善されたのだろう。

雨妹が二人の様子をなんとなく眺めていると、偶然こちらを向いた友仁皇子とパチリと目が合う。

「あ！」

途端に表情をぱあっと明るくした友仁皇子が皿から饅頭《まんじゆう》を一つ取ると、敷物から立ち上がりこちらへ駆け寄って来る。

「殿下、どうなされたのですか⁉」

突然の行動に驚いた娘も慌てて立ち上がりついてくるが、彼女を置いてけぼりにした友仁皇子は、雨妹の前で止まると元気に挨拶《あいさつ》をした。

「こんにちは！」

ニコニコ笑顔の友仁皇子に声をかけられ、そっとこの場を去る選択肢が消えた雨妹は、深々と頭を下げる。

「こんにちは友仁皇子殿下、お元気そうでなによりでございます」

雨妹がそう声をかけると、友仁皇子はさらに表情を輝かせた。

「やっぱりその声、あの時の助手の人ですよね！」

「……よくおわかりになりましたね？」

嬉《うれ》しそうに言ってくる友仁皇子に、雨妹は首を傾げる。

あの時の雨妹は頭巾《ずきん》と布マスク姿で顔を晒《さら》していなかったはず。それなのに何故自分だとわかったのか。

その答えを、友仁皇子は語ってくれた。

「僕、どうしてもお礼をしたくて。兄上に伺ったら青っぽい髪をした人だと教えてもらったので、きっとそうだと思ったのです」

どうやら情報元は太子らしい。

雨妹にこの青い髪を隠すように言ってきたのは立彬だ。あの時は「目立つな」というようなことを言われたのだったか。この忠告は立彬を介した太子のものだろうと思っている。目立つ行動をしてしまったのだから、これ以上目立つのを避けろと言いたかったのだろう。

なのに太子本人が友仁皇子に教えてしまうとはどういうことか。皇子と知り合いになるのは、目立つ行為そのものだろうに。もしや太子も友仁皇子に教えてほしいと相当強請《ねだ》られ、困ってペロッと喋《しゃべ》ったのかもしれない。

——でも、教えちゃった詫《わ》びに糕《カオ》くらい強請ってもいいかも。

目立たずに後宮ウォッチングをするのが目的の雨妹にとって、身バレは決して喜ばしいことではないのだから。

雨妹の太子に対する苦情なんて知るはずのない友仁皇子が、笑顔で話を続ける。

「おかげであれから僕、とっても元気です！」

そう言う友仁皇子はまだ痩《や》せているものの、健康的な範囲であろう。しっかり食事がとれているようだ。

――顔が少しふっくらしたかな？　血色もいいようだし。

雨妹が目視で友仁皇子の健康を確認していると。

「あの、この饅頭は美味しいんですよ！」

友仁皇子が饅頭を差し出しながら告げた。それを見て、雨妹は目を瞬かせる。

「もしや、これを私にくださるのですか？」

「はい、饅頭が好きだって兄上に聞きましたから！」

――なにを言ってくれてるんですか、太子殿下！

饅頭好きだと言われると、まるで食いしん坊みたいではないか。それに雨妹が特別食い意地が張っているのではない。この国では一日二食が基本だとしても、労働者にはどうしてもその間にもう一食必要となる。なのでおやつは大事な昼食代わりなのだ。

それに雨妹は饅頭に特別執着しているわけでなく、糕《カオ》や麻花《マーホア》だって貰うと嬉しい。中でも腹にたまるのが饅頭なので、それでより好むだけで。

友仁皇子に「饅頭好き」と思われたことで多少心に衝撃を受けた雨妹だが、このまま饅頭を差し出された状況を放置することができるはずもなく。この饅頭を受け取るべきかと悩んでいると、友仁皇子付きの娘が声をかけてきた。

「あの、召し上がるのでしたら、あちらでお茶をどうぞ？」

彼女はそうおずおずというか、オドオドした様子で言ってくる。下っ端の雨妹に対してそう怖がることはないのに、何故か若干怯えられているのだが。

この反応は、江《ジャン》貴妃のところの鈴鈴《リンリン》に初めて会った時と少し似ている。彼女もこの娘も、何故雨妹に対して下手《したて》に出るのだろう。

――私って怖そう？　偉そう？

前世では若い頃から「ベテラン感が滲《にじ》み出《で》ている」と同期に言われたものだが、それは今世でも健在なのか。

一方で雨妹が一緒に食べることを期待しているのか、友仁皇子がキラキラした目で見上げてくる。これを無下に断って、しょげさせるのも申し訳ない気持ちになるもの。

それに実際洗手間に行って長時間戻らない宮女はいるので、彼女たちもどこかで息抜きしているのだろう。なので雨妹もそれに倣うことにした。

「では、少しだけご一緒させていただきます」

「……！　じゃあ、あっちの敷物へ行きましょう！」

雨妹が頷《うなず》くと、友仁皇子が早速手を取って敷物の方へ引っ張って行こうとする。

「殿下、慌てては転びますよ！」

「平気！」

娘からの忠告も、友仁皇子にはどこ吹く風だ。

それにしても、友仁皇子が何故このような場所で野遊びのような真似《まね》をしているのか。本来なら主会場の宴の中心部にいるべき人物だろうに、ここでこうして二人だけでいるのは不自然だ。

けれどその理由は雨妹にも想像がついた。友仁皇子は食物過敏症の件で皇太后の意見を否定した形になり、不興を買っている。莉公主とは微妙に立場が違うのだ。

そのため皇太后の周囲からの嫌がらせを避ける目的で、胡昭儀《フー》がここでひっそりと花見をさせているのだろう。友仁皇子は卵を食べられないことが知れ渡っているため、逆にわざと卵を混ぜて食べさせられることを恐れたのかもしれない。

――でも、この方が案外楽しいかもね。

たった二人きりの花見であっても、主会場の宴よりこちらの方が断然楽しそうに思える。周りの大人の顔色を窺《うかが》いながらの花見なんて、子供にとっては楽しくもなんともないだろう。

こうして雨妹は短時間ながら、思いがけず友仁皇子と花見を楽しむのだった。


雨妹は友仁皇子と交流をした後、今度こそ元の場所へ戻るべく移動していた。

――うん、残り時間を頑張れそう！

饅頭とお茶を貰《もら》って身体が温まり、尿意も解消させたので足取りも軽い。ルンルン気分で歩いている雨妹は回廊を通り過ぎ、もうじき遠目に宴が開かれている庭園が見えてくるという時。

「おい、そこの宮女」

回廊の陰になっている場所から、若い男の声に呼び止められた。

「はい？」

雨妹は返事をしながら声のした方を振り向く。

するとそこにいたのは、明らかに宦官《かんがん》ではない格好をした男だった。宦官ではない男なら、皇子だということになる。だが不思議なことに、男は一人だけで誰も連れてはいない。

「あの、どのようなご用でしょうか？」

雨妹は相手から余計な因縁をつけられまいと、笑みを浮かべて柔らかい調子で尋ねる。

本日訪れている皇子たちは年に一度の百花宮《ひゃっかきゅう》参りとあって、舞い上がっている者が多く見受けられた。酒の勢いもあり、少々乱暴な振る舞いも目撃していたりする。彼らの様子を見ていると、

「簪《かんざし》をしておくのが自衛になる」という立彬の意見も頷けるものがあった。要はぱっと見で、手出しはマズい相手だとわかるようにしておけということなのだろう。

皇子たちは街へ出て花街へ行けば、遊び相手などいくらでもいるのだ。わざわざ面倒な女に手を出して下手を打つような真似は、避ける方が得策というものである。

けれど一方で、この目の前の男がそうした手合いかというと、雨妹は違うと感じていた。

男からは酒の臭いがせず、酔っている風でもないし、舞い上がっているようにも見えない。

――っていうか、こんな皇子があの庭園にいたかな？

男の歳《とし》は若く、自分とさして変わらないくらいに見えた。皇子だとしたら太子の兄弟だろうが、雨妹はあの庭園で顔を見た記憶がない。それにたとえ男があの庭園にはおらず、他の場所から移動してきたのだとしても、一人だけで他に誰も連れていないことには違和感がある。

雨妹が男の様子を窺いながら、そんな疑問点について考えていると。

「なるほど、確かに噂に聞いた青い髪……」

呟《つぶや》きが風に乗って聞こえた。

——なに、この人……。

雨妹は眉《まゆ》をひそめる。この男はもしかして、自分が青っぽい髪をしているから呼び止めたのだろうか？

後宮の外に住んでいる男が雨妹の青っぽい髪について知っているのは、わざわざ情報を集めたということに他ならず。それが一体なんのためかと考えれば、あまりいい予感がしない。

けれど雨妹の内心がどうであれ、相手が下っ端宮女より上の立場なことには違いなく。

「あの、私は今少々急いでいるのですが……」

雨妹が後ずさりながら、やんわりと立ち去るための言い訳を繰り出す。

「別にとりたてて時間を取ったりはしない。ただ、その髪を我に捧《ささ》げよ」

すると男が平然ととんでもない発言をした。

「……は？」

相手がなにを言っているのか、雨妹は一瞬理解できずにいた。

——髪を捧げるってなによ？

呆然《ぼうぜん》と立ち尽くす雨妹が反応できずにいると、男は大股《おおまた》で歩み寄って距離を詰め、あろうことかこちらへ手を伸ばしてくる。

「うひっ！」

雨妹がとっさにその手を避《よ》けようと身体を反らすと、男は眉を寄せた。

「相応の礼をするゆえ、恐れることはない」

――いやいやいや！　怖いでしょう普通⁉

勝手なことを言う男に、雨妹は内心で反論する。見知らぬ男から「お前の髪をくれ」と言われて、平気でいられる女が世の中にどれだけいるというのか。

ここは逃げた方がいいとは思うのだが、相手が皇子だという可能性が逃走の邪魔をする。あとで呼び出されでもしたら、余計に面倒になるだろう。

――なにか逃げるのにいい手はない⁉

そう思考を巡らせながら手を避けていると、しつこく迫る男の手がついに雨妹の髪に触れた。そして髪をわしづかみにしてから簪を引き抜き床に放り、結ってあったのをぐしゃぐしゃにする。

立彬に貰った簪と、美娜に整えてもらった髪なのに。それらを乱暴に扱われて、雨妹はカッと頭に血が上りかけた。

しかし――

「おお、滑らかな手触りだ……」

男は手繰り寄せた雨妹の髪に頬ずりをして、うっとりとしている。

――なにこいつ、気持ち悪い！

雨妹は上った血の気が途端に下がり、全身に鳥肌が立つ。

「うぎゃぁぁあ！　放してよ私の髪！」

相手が皇子かもしれないという可能性も吹き飛び、雨妹はとにかく髪を取り戻そうとぐいぐい引っ張る。

髪フェチなのだとしても、これはちょっと通常と度合いが違う。

「さあ、これを貰い受ける」

しかしそんな雨妹のことなど気にもしない男は、そう言って短剣をかざす。刃《やいば》を向けている先は雨妹の髪だ。

――切られてコイツのところで保管されちゃうの⁉

そんなことになったら、とられた髪の末路が心配で寝込むかもしれない。

「放しなさいったら、放せ！」

こうなったら男を蹴飛《けと》ばそうと、雨妹が足に力を込めた時。

「小妹《シャオメイ》、なにをしているんだい⁉」

楊《ヤン》おばさんの鋭い声が回廊に響いた。

――楊おばさん⁉

雨妹が声の方を見れば、男の背後に楊が立っていた。髪を切ろうとする短剣の方に意識が行っていて、彼女の存在に全く気付かなかった。

「まったく持ち場にいないと思ったら、サボっているんじゃないよ！」

楊は雨妹を叱りながら、大股でこちらへ歩み寄る。

すると幸運なことに、楊の登場に驚いた男の手から力が抜けた。この隙にその手から己の髪を引き抜くと、素早く落ちている簪を拾って楊おばさんの元へ駆けていく。

――怒られてるっぽいけど、助かった！

楊から罰を受けることより、男から逃げることの方が大事である。

こうして脱出した雨妹と入れ代わるように男の前に出た楊は、深々と頭を下げた。

「大偉《ダウエイ》皇子殿下、この者は未熟な新人宮女ゆえ、粗相があったのなら監督者である私が代わって謝罪したく思います」

男は名を大偉というらしい。楊が皇子殿下と呼びかけたのだから、皇子で間違いないようだ。

「……いや、我も彼女の仕事の邪魔をしたようだ」

第三者が乱入したことで暴挙をやめた大偉皇子は、楊の謝罪に応じるそぶりをしながらも、手にしていた短剣をさりげなく仕舞う。後宮の女は全て皇帝の嫁候補であるも同然なのだ。それを傷付けようとしたとバレては、皇子といえども叱られるどころでは済まされないだろう。

とりあえず身の安全を確保できたことにホッとしている雨妹に、楊が尋ねてきた。

「小妹、頼んだ遣いはちゃんとやったのかい？」

――え、遣い？

雨妹は楊になにかを頼まれた覚えはないのだが。しかしここで「そんな話は知らない」なんて言えば、大偉皇子から「暇なら自分に付き合え」と言われかねない。

「え、いや、えっと」

どう返事をするべきか戸惑う雨妹の肩を、楊がぐっと掴《つか》む。

「いいから合わせるんだよ」

そして囁《ささや》きよりも小さな声でそう言ってきた。

「まだです、申し訳ありません！」

雨妹は済まなそうな口調で謝りつつ、九十度のお辞儀をする。

「仕方のない子だよ、全く。だったら早く行きな」

楊からトン、と背中を押された先にある角に、見慣れた宦官の姿が隠れているのが見えた。

——立彬様だ！

雨妹が振り向くと、楊が微《かす》かに頷く。どうやら早く逃げろと言っているらしい。

「はい、失礼します！」

雨妹は楊とついでに大偉皇子にもう一度頭を下げ、立彬がいる方まで速足で歩く。とにかくできるだけ早く、この気持ち悪い男を自分の視界から消したい。

こうして雨妹は、大偉皇子から離れることができた。

回廊の角にいた立彬は移動したらしく、大偉皇子から見えない辺りで待っている。そこまで辿《たど》りついた雨妹は、安全な場所まで来られたことで気が抜けたのか、足がもつれるように地面にへたり込む。

——助かった、無事だよ私の髪！

もみくちゃになったせいでボサボサの髪だが、とりあえず無傷だ。それがなによりも嬉《うれ》しい。雨妹だって女なので髪は大事であるし、あんな短剣で切られるなど冗談じゃない。

そんなことにならずに済んで幸いだったが、できれば今すぐに洗髪をしたい。大偉皇子に頬ずりされた感触を洗い流したい。

――まだ寒いけど、この際井戸の水でもいい！

雨妹がそんなことを考えつつ、とりあえず落ち着こうと大きく息を吐くのを、立彬は黙って見ていたのだが。

「全く、用があり呼びに行けば配置場所におらず、探せば危ない御仁に引っかかっているとは。一体なにをしていたんだ」

そうため息交じりに言われて、雨妹は見上げて言い返す。

「その危ない御仁とやらが、あんなところをウロウロしていると思わなかったんですよ！」

皇子が一人で回廊を歩いているなど、誰が思うだろうか。妃嬪たちもそうだが、皇子や公主だって自ら動かずとも、用事を済ませるための側仕《そばづか》えがいるものなのに。葉っぱをくっつけて茂みを突っ切っていた友仁皇子との出会いは、あくまで例外だったのだ。

それにしても、短剣を向けられた時にはヒヤリとした。あの刃が、雨妹の身体ごと髪を切り裂かなかったとは限らないのだ。

――やばい、今ごろ怖くなってきた……。

雨妹は今更ながら恐怖を覚え、身体が震え出す。辺境育ちで都会っ子よりも多少身体が動くとはいえ、刃物を向けられる生活をしたことはない。そんな自分に、短剣を平然と振り下ろそうとした大偉皇子を思い出すと、冷や汗が出るのがわかる。

ついさっきまで友仁皇子と楽しく饅頭《まんじゅう》を食べて身体の芯《しん》までぬくぬくだったはずなのに、今は寒くて仕方がない。

そんな雨妹の様子を見ていた立彬が、前に屈《かが》むとそっと腕を伸ばし、髪がぐしゃぐしゃなままの頭に手を置いた。

「平気か？」

そして静かな口調で問いかけてくる。

「……髪、切られるかと思いました」

そう呟いて一人震える雨妹をどう思ったのか、立彬が手を使ってぐしゃぐしゃの髪をそっと梳《す》いてきた。

「怖い思いをしたな」

髪を整えながら言う立彬に、雨妹は肩の力が抜けるのを感じた。

——あったかい手。

同じ手でも、大偉皇子のものとは違う。少なくともこれまで、この手が自分に危害を加えたことはない。そのことに安心すると、雨妹の寒かった身体に少しずつ熱が戻って来るように感じる。

立彬はしばらくそうしたままでいてくれたが、やがて雨妹が落ち着いたのを見てとったのか、「立てるか？」と尋ねてきた。

「また大偉皇子殿下と遭遇したら厄介だ、動けるなら早く行くぞ」

この言葉に、へたっていた雨妹はすっくと立ち上がる。

あの皇子とまたばったり遭遇、なんてことには絶対になりたくない。今度は礼儀なんぞかなぐり捨て、悲鳴を上げて逃げるだろう。

「行きます、さっさと行きます！　そういえば私を探していたんですか？」

「そうだ、だからここから移動するぞ」

立彬がそう言って雨妹が握ったままだった簪《かんざし》を取ると、簡単に髪を巻いてさしてくれたので、ボサボサ髪よりも少しは見られるようになった。

こうして元の場所に戻らず、さらにどこかへ行くこととなった雨妹だが。喋《しゃべ》ったら声を聞きつけた大偉皇子が出てきそうな気がしてしまい、黙ったまま足音も忍ばせて立彬に続くことしばし。

立彬に連れて行かれた場所は、やはり太子宮だった。

――やっぱりね！

半ば予想していた通りである。立彬は太子に言われて雨妹を呼びに来たに違いないので、向かうのはここしかないだろう。

そして太子宮の庭園でも、妃嬪たちが料理や酒を囲んで歓談している様子が見られた。

その中心にいた人物が、立彬に連れられた雨妹に気付く。

「まあ雨妹、よく来たわね！」

そう言ってこちらへゆったりと歩いてやって来るのは、江貴妃だ。

未来の皇后へ最も近い江貴妃が雨妹を気にしたことで、他の妃嬪やお付きの者たちの視線までもがこちらに集中する。

——目立ってる、目立ってるよ！

今は色々な意味で目立つのはあまりよろしくない雨妹は、どこかに隠れたくなってしまい、手っ取り早く立彬の後ろに隠れようとしたのだが。

「大人しくしておけ、挙動不審は余計に目立つ」

しかし立彬からの指摘に、それもそうだなと思って元の位置に戻る。

こうしてわたわたするうちに、江貴妃が雨妹の目の前までやって来た。

「久しぶりね、雨妹」

「江貴妃、お久しぶりでございます」

江貴妃にそう声をかけられ、雨妹は深々と頭を下げる。

江貴妃とはあのインフルエンザの一件以来初めて会ったが、とても顔色もよく健康そうだ。あの時は痩《や》せて骨ばっていた身体も、女性らしい柔らかい線を取り戻している。

「お元気そうで安心しました」

そう告げる雨妹に、江貴妃が微笑《ほほえ》みを浮かべる。

「ええ、全てはあなたのおかげよ。ありがとう雨妹」

そう話す江貴妃は、今まで病でやつれている時の印象が強かった。だが健康になると生き生きとした表情をしており、ただ美しいだけではなく、内なる強さが滲《にじ》み出《で》ているように感じる。

なるほどこれが皇后となる人なのかと、雨妹も納得して内心で頷《うなず》いていると。

「……あの」

子供の声が聞こえた気がした。

──え、太子宮に子供？

太子にはまだ子供が生まれていないはずだがと、雨妹が不思議に思いつつも周囲を見回すと、江貴妃の後ろからひょこりと顔を出した小さな人影があった。

それは煌《きら》びやかな衣装を身に纏《まと》った女の子で、友仁皇子よりも年上だろうか。それでもまだ、十歳そこそこくらいの年齢だろうと推測される娘である。

この女の子が現在二十五歳の太子の子だと仮定すると、太子が成人したばかりか、それより前に生まれた子ということになる。可能性もなくはないが、むしろ太子の妹が遊びに来ている線が濃厚だろう。

脳内でそんな推測を繰り広げる雨妹だったが、こちらを見た女の子が小首を傾げる。

「この方が、お姉さまを助けてくださった宮女の方ですか？」

そう尋ねる彼女を、江貴妃がやんわりと窘《たしな》めた。

「ほら、ご挨拶《あいさつ》が先でしょう？」

「あ、そうでした！」

女の子がハッとした顔をして、雨妹に向き直って笑みを浮かべる。

「太子殿下の淑妃、恩小恵《エン・シャオフィ》です。どうぞよろしくお願いします」

彼女はとても丁寧に挨拶してくれたが、雨妹としてはそれどころではない。

――淑妃なの⁉　この子が⁉

雨妹は驚き過ぎて頭を下げることもできず、ポカンと口を開けていた。淑妃は貴妃・徳妃・賢妃と並ぶ四夫人の位の一つだ。ということは、江貴妃と同じ位ということ。これを驚くなという方が無理である。

「……あの、恩淑妃はおいくつでいらっしゃるので？」

雨妹はおずおずと尋ねる。小恵は幼く見えても実は成人しているのだろうか、と思って聞いてみたのだが。

「小恵はまだ十を越したばかりよね」

「はい、誕生日が二月前でしたから！」

江貴妃がやんわりとそれを否定し、恩淑妃も追従する。やはり見た目通りのお子様のようだ。

そうなると、恩淑妃と太子は歳の差十五歳の計算だ。けれど、そのくらいは皇帝の妃嬪でもあることなので、歳の差自体をどうこう言うつもりはない。政略結婚もあるだろうし、「歳の差なんて愛があれば関係ない！」という人たちだっているだろう。価値観は人それぞれなのはわかる。

しかし、明らかに成人していない子供を嫁にするのはどうだろうか。

――もしかして太子にまだ子供がいないのって、そういう性癖だからとか言わないでしょうね？

太子へのまさかの幼児趣味疑惑に、雨妹の眦《まなじり》が自然と吊《つ》り上がっていた時。

「よく来たね、雨妹」

背後からそう声をかけられると同時に、隣の立彬が頭を下げた。雨妹が振り向いた先にいたのは問題の太子本人であり、秀玲《シオウリン》を伴っている。

「えーと、どうも殿下」

一応頭は深々と下げておくものの、幼児趣味疑惑を抱いてしまった後なので、どうしても挨拶がぞんざいになってしまうのは仕方がない。

雨妹から胡乱《うろん》げな視線を向けられた太子は、驚いて目を丸くすると、「なんだかすごい顔をしているなぁ」と小さく呟《つぶや》き苦笑する。そんな太子と恩淑妃を二往復くらい交互に見た雨妹は、隣の立彬の袖《そで》をぐいぐい引いた。

「立彬様！　これってなんだか犯罪臭がプンプンするんですけど！」

雨妹から小声でそう告げられた立彬は、ぎゅっと眉根《まゆね》を寄せる。

「阿呆《あほう》なことを言うな、殿下にも色々おありなんだ」

こちらも小声でそう返したのだが、雨妹としては色々の具体的内容が気になる。

それに目の前でひそひそとやり合っている内容が、太子当人に聞こえていないはずもなく。

「断っておくが、私はいたって潔白だからね？」

太子が笑みを深めてそう告げた。笑っているけれど目が怖い。どうやら幼児趣味疑惑は看過できないようだ。

「まあ、雨妹ったら」

このやり取りを見ていた江貴妃がクスクスと笑う。そして恩淑妃はなんの話なのかわかっていないらしく、きょとんとした顔をしていた。その様子からすると、彼女はどうやら妃嬪としての務めを求められていないらしい。これが本物の夫婦だったのなら、恩淑妃はもっと太子と自分の関係を主張するだろう。

——よかった、兄（仮）はロリコンじゃないみたいで！

雨妹が一安心したところで、太子が改めて話しかけてきた。

「私の妃《きさき》が君とお茶をしたいと言っているので、呼びに行かせたんだけれど。それにしても、ずいぶんと遅かったね」

太子からの指摘に、立彬が口を開く。

「少々揉《も》め事《ごと》が起こりまして。そうだ母上、この娘の髪を結い直してもらえませんか？　一応簡単に纏《まと》めはしましたが」

立彬が秀玲へ声をかけたのだが、またまた衝撃発言が聞こえた気がする。

——え、秀玲さんが立彬様のお母さんなの？

目を見開いて驚く雨妹に、立彬が「しまった」という顔をした。どうやらつい「母上」呼びしてしまったらしい。確かに前回秀玲と会った際、その場にいた立彬はそんなことを言わなかった。それにしても秀玲は太子の側仕えをしているのだから、高位の女官のはずである。そのくらいになれば、採用基準に当然家柄も考慮される。

であれば立彬はひょっとして、結構な良家の子息なのだろうか？　そんな男がどうして宦官《かんがん》をしているのか、全くもって謎である。

目を見開いて固まる雨妹に、秀玲が近寄って来る。

「あら本当に雑ね。どうしたのこれ？」

雨妹の髪をいじる秀玲に、立彬が小声で説明する。

「実は、途中で大偉皇子殿下と出くわしまして」

そしてここへ至るまでのいきさつを簡単に話されたのだが。

「まぁ可哀想に、さぞ怖かったことでしょうね」

秀玲は憤ってぎゅっと雨妹を抱きしめてくる。衣服の上からだとわからないが、彼女の意外と豊満な胸に顔が押し付けられる形になり、少々息苦しい。

「待ってなさいな、鏡と櫛《くし》を持って来るから！」

秀玲はそう言い置いて、風のように走り去っていく。

――別に私、今のままでも困らないんだけどなぁ。

そして太子を放って行ってしまったが、いいのだろうか？

秀玲が去った方向をぼんやりと眺める雨妹に、太子が告げる。

「どうやら話を聞く必要があるようだから、部屋へ行こうか」

この様子だと、お茶どころではなくなったようだ。

こうして話をするために、太子宮の一室に移動することとなった。

――太子宮なら、鈴鈴と会えるかと思ったんだけど。

見たところ宴の場に鈴鈴の姿はなかったので、裏方をしているのだろう。ならばあちらもきっと忙しいだろうし、宴が終わってからゆっくりとお喋りをしたいところだ。

移動した先の部屋では女官の秀玲がいないので、立彬がお茶を淹《い》れてくれたところで、雨妹はこれまでのことを説明する。

「えーと、ちょっと洗手間に行って寄り道したんですけど」

雨妹は洗手間から戻る途中で友仁皇子に遭遇し、お茶に呼ばれていたことを話す。これを聞いて太子が「そうか」と頷く。

「友仁の姿が見当たらないと思っていたが、そんなことに」

太子は友仁皇子が皇太后にいじめられていないか、心配していたらしい。

「野遊びみたいで楽しそうでしたよ？　お饅頭《まんじゅう》を貰《もら》っちゃいました」

そうしてお茶に呼ばれた後の帰り道の途中で、大偉皇子に遭遇したと説明した。危ういところで楊の助けが入った話の後半は、立彬の補足も入る。

なんでも立彬は、太子の願いで雨妹を呼びに行ったところ、その雨妹を探す楊と出くわしたらしい。楊は雨妹が誘拐沙汰《ざた》になったばかりなので、一応ちゃんといるかを確認したかっただけのようだ。同じ場所に配置された宮女から、「雨妹は洗手間に行った」と聞いていたから、その辺りを探そうとしていたという。

雨妹と立彬の話を聞いた太子は、深く息を吐いた。

「災難だったね、まさか大偉が来ていたとは知らなかった。花の宴には不参加だという話だったから驚いたよ」

「楊おばさんが通ってくれて助かりました。そうでなかったらどうなったか……」

労《いた》わるような太子の言葉に、雨妹はあの気持ち悪い頬ずりを思い出して、一瞬ブルリと震える。

今回は楊の存在に救われたものの、あのまま大偉皇子と二人きりであれば、きっと雨妹は髪を取られて泣き寝入りしていたに違いない。想像するだけでも恐ろしい事態である。

「あんなヘンタ……、じゃなくて。変わった皇子殿下がいらっしゃるのなら、私もウロウロしませんでしたよ」

雨妹は憤慨した勢いで、思わず「変態」と言おうとして慌てて訂正したものの、口調が恨み節になってしまうのは仕方がないと思う。

なんと言っても、揉めた相手は皇子なのだ。宮女と皇子では持ち得る力の差が歴然としている。雨妹がたとえ髪を切られたと訴えても、相手が「そんなことは知らない」と言えばそちらの意見が通るだろう。雨妹たち宮女の身が守られるのは、あくまで証拠が揃《そろ》っている場合なのだ。

なのでそんな危ない皇子がいるのだったら、前もって教えておいてほしかった。

そんな雨妹を見て太子が苦笑した。

「まあ、変態呼ばわりも仕方ないことをしたようだから、気持ちはわかるよ。大偉は色々あって、顔は見せないだろうと思っていたんだけどね。それに知っていたら、立彬を通して君に忠告をしていたさ」

決して知らぬふりをしていたわけではないという太子の言葉に、雨妹も少し冷静になった頭で考える。

――確かに、皆があれだけ皇子の話をしていたのに、聞いていないとか変かも。

毎日の皇子の噂話の中で、誰からもあんな危ない皇子の噂を聞いていない。あんな人の髪を問答無用で切ろうとする男を、無警戒だなんておかしいだろう。皆、大偉皇子は来ないと思っていたからだろうか。

「うーむ」と考え込む雨妹に、太子が大偉皇子について教えてくれた。

「大偉は、皇后陛下の唯一の子なんだ」

皇后の皇子の噂は雨妹も聞いたことがある。皇后が我が子を太子にするために様々な働きかけをしたが叶わず、つい昨年成人を迎えて、後宮を出されてしまったという話だったはず。

――そんな立場なら、むしろ頻繁に後宮に通いそうなものだけど。

母や祖母と面会を繰り返し、自分の方が太子に相応《ふさわ》しいと主張するのが、正しい対抗馬の在り方ではなかろうか。

首を捻《ひね》る雨妹に、太子が続ける。

「大偉には皇后陛下が不貞を働いた末に生まれた子ではないか、という噂があるんだ」

――ああ、ドラマでもよくある、ドロドロ展開の典型的お約束ね。

皇帝の子を持つことが身分を保証する後宮において、子種を余所の男に求めることは、日本と違ってＤＮＡ鑑定など存在しないこの国では、バレなければ通用する裏技である。

けれど子供が皇帝に似ず、違う男に似てくれれば、当然疑われるだろう。しかも後宮に近寄れる男は数が知れているもの。なので安易かつ危険な裏技と言えよう。

そして皇后の場合、姦通《かんつう》の罪を犯した男は見つかったものの、そこで問題解決とはいかなかった。彼が皇后ではなく他の妃嬪、当時に美人の位にいた女が招き入れた人物であったと、皇太后の証言によって判断されてしまったのだ。

その美人が、皇后と同じ時期にちょうど妊娠していたのもよくなかったのだろう。彼女が後宮から追放されたことで、不貞疑惑は表面上では沈静化したらしいのだが。

――なんか、急に聞いたことのある話の流れになったんだけど。

ここまでの話の流れを、雨妹は微妙な顔で聞いていた。似たような内容の話を、自分は知っている。それは果たして偶然か？

渋い顔をする雨妹を、太子がじっと見つめながら告げる。

「そのあおりを受けて後宮を追放されたのが、張《チャン》美人という人だよ」

――やっぱりか！

雨妹は思わず叫びそうになったのをすんでのところで堪える。

尼たちが語る母の物語そのままなので、聞いたことがあるのも道理だろう。

争う相手が皇后だなんて母が負けるわけだと、雨妹としても納得だ。なんの後ろ盾もない女が、後宮で二番目に偉い女と喧嘩《けんか》して、勝つ見込みなどあるはずがない。

心中複雑な雨妹を余所に、太子が語る。

「後宮を去る羽目になった張美人はもちろん憐《あわ》れだが、残された皇子も順風満帆とはいかない。出生の疑惑は表面だってては消えたが、噂としてはいつまでも残る」

――まあ、そうだろうね。

表立って言わなくなっただけで、陰でヒソヒソと噂されてしまうのは当然だろう。女たちにとっては格好のネタなのだから。

「不貞の皇子」という評判と常に共にあった大偉皇子は、いつしか捻くれてしまったそうだ。確かに子供の教育環境としては良くないだろう。

貧しくとも尼たちに守られて、自然の中で伸び伸びと育った雨妹と比べて、どちらが幸せな子供時代と言えるだろうか。少なくとも雨妹はそんな環境は嫌だ。

「こうして多少捻くれたものの、普通に育っていると思っていた大偉だけどね。成長するにつれて困ったことが発覚した。青っぽい髪に執着するようになったんだよ」

「……それって、青っぽい髪の娘が好みだとか、そういう話じゃないんですよね？」

多少の同情心が芽生えかけていた雨妹だったが、大偉皇子から髪に頬ずりをされたことを思い出し、鳥肌を立てながら質問する。

「そのくらいだったら、可愛いものだったんだけどね。たまに光の加減で青く見える女を見ると、髪を切り取るようになった。当時、暗がりで通り魔のように髪を切り取られる被害が続出してね、大偉の仕業だとわかって大問題だったよ」

――なにその切り裂き魔的犯行は⁉

大偉皇子は青っぽい髪の蒐集《しゅうしゅう》とかをしていたのだろうか。部屋に髪が飾られていたとしたら怖すぎる。そこへ自分の髪が加わると想像するともっと怖い。

「皇帝陛下や皇太后陛下に叱られても、大偉はやめることがなかった。皇后陛下の宮で半ば軟禁されるように暮らした後、成人すると同時に後宮を出された。宮女や女官たちは正直、ホッとしただろうさ」

ここまでの太子の話を聞いて、雨妹も納得できた。

――なるほどね、要するに大変な問題児だったわけだ。

皇后の子が太子になれなかったのは、出生の疑惑以上に、特殊な嗜好《しこう》の影響が大きかったのではないだろうか。国の官僚だって、そんな危ない男の妃に娘を差し出したくないだろう。皇帝の息子が大偉しかいないならばともかく、他にもいるのだから。

それに宮女が誰も大偉皇子の噂をしていない理由も、なんとなくわかった。彼女たちもおかしなことを言って、皇太后に目をつけられたくないのだろう。

そして大偉皇子が供も付けずにウロウロしていたのだって、誰かと一緒だと髪蒐集を止められるからだと推測される。もしかして供を振り切ってあそこにいたのかもしれない。

あの時大偉皇子は、「噂に聞いた青い髪」と言っていた。誰かから青い髪の宮女の噂を聞き、急遽《きゅうきょ》花の宴に参加したと考えるのは、果たして雨妹の自意識過剰だろうか？

というかそもそもだが、大偉皇子が青い髪好きなのは母のせいではない、と思いたいのだが。自分の出生時のゴタゴタを聞かされた大偉皇子が、張美人について興味を持っても不思議ではない。母が後宮を出た頃の大偉皇子は、年齢からするとまだ生まれて間もなかったわけで。その容姿が記憶にあるはずもないが、噂話で聞いた容姿が記憶に深く残ったのだろうか。

まあそのようなことは、考えても仕方がないことだ。

「とにかく、大偉は花の宴が終われば出て行くのだから、それまで気を付けるんだよ？」

「はぁ、わかりました」

太子からの忠告に、雨妹も素直に頷《うなず》いた。

長い話を終えたところで、すっかり冷めたお茶で喉《のど》を潤す。

「ほら、糕《カオ》もお食べ」

そう太子から勧められたので、雨妹は遠慮なく糕《カオ》に齧《かじ》り付く。

こうしてしばしモグモグしていると、太子がふと呟《つぶや》くのが聞こえた。

「秀玲が遅いな」

「そういえば、鏡と櫛を取って来るだけにしては時間がかかっていますね」

立彬も気になったのか、窓の外を見る。

――ついでに洗手間に行ったとか？

そして自分みたいに、その帰り道で誰かに絡まれているのかもしれない。雨妹がそんなことを考えていると、それからすぐに秀玲が戻って来た。

そして部屋の扉を開けるなり告げる。

「ただ今、皇帝陛下がいらっしゃいました」

「んぐ⁉」

「お茶が入りました」と言うのと同じ口調の秀玲に、ちょうど糕《カオ》の大きなかけらを頬張っていた雨妹は、危うく喉に詰まらせるところだった。

——え、皇帝陛下が⁉　なんで来たの⁉

普通皇帝というのは訪れには先触れがあり、こちらが万全の態勢で待ち受けるもの。それが何故に突撃訪問をするのだろう。

それに花の宴は外から皇族も訪れる大きな催しなのだから、あちらこちらを回るのに忙しいのではないのか。

しかし驚いているのは雨妹ばかりで、他の二人は特に表情を変えない。

「父上はいつもは花の宴なんて、適当に顔見せした後はさっさと下がるのに、わざわざここまで来たんだね」

そう話す太子はむしろ苦笑していた。彼にとって、これは意外な訪れというわけではないようだ。

「ちょっと出迎えに行ってくるから、雨妹はここで寛《くつろ》いでいるといい」

そして太子はそんな軽い調子で秀玲だけを連れて行く。

というわけで、雨妹は立彬と一緒に部屋に残ることとなったのだが。

——寛いでいろ、って言われてもさぁ。

ここで「あ、そうですか」とのんびりできるほど、雨妹は神経が図太くできていないつもりだ。

一体皇帝がどうして訪れたのか、気になって仕方がない。

理由として一つに、ただ太子の顔を見たくなって会いに来た。

二つに、大事な用件があってやって来た。

普通に考えて思いつく可能性はこの二点だ。

そしてこれらの想定において、もし後者だとすれば、先だっての大偉皇子の件と無関係と考えるのは難しい。

太子の話だと、大偉皇子の嗜好には皇帝も悩まされたと言っていた。けれど、馬鹿な子ほど可愛いとも言うもので。もしや「無礼な宮女がいた」とか告げ口されて、苦情を言いに来たのかもしれないではないか。

——今のうちにここから逃げるべき？　それとも大人しく隠れておくべき？

悩ましい雨妹は、落ち着かない気分で室内をグルグルと回る。その様子をしばし見ていた立彬が、

「はぁ」と大きく息を吐いた。

「落ち着け、せわしない。それほど気になるならば、話を聞きがてら覗《のぞ》きに行くか？」

「……は？」

まさか太子の側付きの立彬から、盗み聞きを勧められようとは予想外だ。

「そんなことをしたら、叱られるじゃないですか」

「なに、ばれなければ叱られることもない」

雨妹は正しいことを言ったはずだが、立彬は動じない。

——そりゃそうだけどさぁ！

立彬の悪びれない堂々とした言い方に、むしろ雨妹の方が間違ったことを言っている気分になる。

それに彼なら、盗み聞きに適した場所を知っているのだろう。

それから雨妹は、盗み聞きなんて良くないこととはわかっていても、結局好奇心には勝てず。

現在、立彬について庭園をコソコソ移動していた。

――なにしてるんだろう、私って。

花の宴でただボーッと立っているだけの一日だったはずが、どうしてこんな風に間諜《かんちょう》めいたことをしているのだろうか。

ともあれ、雨妹が音を立てないように慎重に歩いていると、立彬が突然立ち止まった。

「ぶっ！」

後ろを歩いていた雨妹は、その背中に顔面を打ち付ける。

――これ以上鼻が低くなったらどうするのさ！

文句を言おうとした雨妹に、立彬が「静かに」と仕草で示す。

するとその直後。

「明賢よ」

思ったよりも近くから皇帝の声がしたので、雨妹はビクリと肩を撥《は》ね上げた。声が近いのも当然で、雨妹から見て斜め上の高い場所にある回廊に、皇帝が太子と並んで立っていた。

――ビビるから、「もうそろそろ」とか言っといてよ⁉

雨妹はそう立彬に噛《か》みつきたくなるが、声を出して皇帝や太子に見つかるわけにもいかず、ぐっと堪えていると。

「雨妹という宮女がお前の宦官《かんがん》に連れられて行ったと、聞いたのだが」

皇帝の話の内容に、雨妹はドキリとする。

——やっぱり、告げ口されたから探しに来たの⁉

縮こまる雨妹の耳に、続いて太子の声が聞こえる。

「確かに、雨妹はこの宮におります。私の妃が彼女とお茶を楽しみたいと言いましたので」

朗らかな太子の言葉に、皇帝は唸《うな》るような声を漏らした後。

「その、なんだ。大偉の奴に絡まれたとも聞いたのだが」

皇帝の遠慮がちともとれる言葉に続いて、太子の小さな笑い声が聞こえた。

「陛下はずいぶんとお優しい、一介の宮女のご心配をなさったのですか。はい、大偉の困った嗜好の被害を被る寸前だったらしいのですが、すんでのところで助けが入ったようですね。直後は気が動転していたらしいですが、今では元気に糕《カオ》を食べておりますよ」

「……そうか」

太子の言葉を受けて皇帝が呟いた声は、安堵《あんど》しているようにも聞こえた。

ここで太子と皇帝の会話は途切れ、しばし沈黙が流れる。

——え、話ってこれで終わり？

皇帝はその後も「その宮女を引き渡せ」などということは言わなかった。拍子抜けもいいところだ。

身構えていた雨妹としては肩透かしを食らった気分だが、とりあえず話がわかって満足した。気付かれないうちにさっさと戻ろうと、立彬を促そうとした時。

ガサガサッ。

雨妹は気が緩んでいたのか、茂みの葉に身体が当たってしまい、結構大きな音を響かせた。

「うん？」

こちらの方に皇帝の視線が向く。

——ヤバい！

焦る雨妹の隣で、立彬が「阿呆《あほう》か」と声を出さずに言っているのが見て取れる。自分でもそう思っているので、反論できない。

とにかく存在に気付かれまいと、雨妹は懸命に存在感を消そうとする。ここで盗み聞きしていたことが発覚すれば、叱責では済まないだろう。

——私は風、私は空気！

雨妹が己に言い聞かせつつ息も止めてじっとしていると。

「野良猫ですよ、父上。最近よく見ますから」

太子がいい感じに助け船を出してくれた。ここで雨妹が上手に猫の鳴き真似でもできれば完璧《かんぺき》なのだろうが、不細工な猫の声になりそうなのでやめておいた。

——ここにいるのは猫だから、早く行っちゃって！

雨妹は必死に念を飛ばしていたのだが。

「そうだ、父上」

太子はなんとそのまま会話を続ける。話ならどこかの部屋に入って、お茶を飲みながらにしてくれと、雨妹がやきもきしていると。

「その雨妹が言っていたのですがね。彼女は『雨の日に生まれた女の子だから』という適当な名前を、死んだ両親から付けられたと嘆いていたのですよ」

太子が朗らかな様子で意外なことを話し始めた。

——はい？　突然なに言ってくれてるの？

雨妹が驚いて立ち上がりかけるのを、立彬にぐっと頭を押さえられて止められる。

「適当とは、そんなことは……！」

皇帝は声を荒らげかけ、途中で黙る。

「父上なら、その両親はどういった気持ちで名付けたのだと考えますか？」

太子の質問を聞いて、雨妹は心臓が破裂しそうに煩《うるさ》く鳴っているのがわかる。

——なに、これはなんなの？

雨妹は今、混乱の極致だった。立彬に頭を押さえ込まれているため、皇帝がいる方は見えない。だがたとえ見られたとしても、一体どんな顔をすればいいのかわからないので、助かったと言えよう。

雨妹は今まで親なんて実感がない、正直どうでもいいとすら思っていたはずなのに。自分が皇帝の子かもしれないなんて、そんな夢みたいな話よりも、旅の夫婦の娘である方があり得ると、自分を戒めたりもしていた。

けれど今、自分がずっと聞きたくても聞けなくて、最近では聞かない方がいいかもしれないと考えていた真実への手がかりが、示されようとしている。

——もしかして、太子殿下は知っている……？

雨妹が、後宮を追い出された張美人の娘であることを。

皇帝が沈黙していたのはほんの数秒だったのだろうが、胸をドキドキさせて変な汗をかきながら待つ間が数時間にも思えてきた頃。

「……そうだな」

皇帝が口を開いた。

「ちょうどあの娘が生まれたであろう時期は、雨が降らぬ日が続いて干ばつ被害が酷《ひど》かった年だ。民の飢えを和らげようと食料を配りはしたものの、間に合わずに死んでいった者のなんと多かったことか」

皇帝の口から語られたことは、雨妹が知らなかった事実だった。

自分が生まれたのがそんな厳しい年だったとは初耳だ。尼たちからはそんな話は聞かなかった。もしかすると、辺境の方にまでは干ばつ被害が及ばなかったのかもしれない。

「そんな中で久しぶりに降った雨は、まさに恵みの雨だったのだよ。雨妹という名は、この大地を潤し癒す雨のように、人々を癒す優しい娘に育ってほしいと。そう願った名なのだ、と思う」

皇帝のこの言葉は、雨妹の胸の中に静かに染みわたっていく。

そしていつの間にか、頬を幾筋かの涙が伝い落ちていた。

「雨妹、お前……」

立彬が泣いている姿を驚いたように見つめているが、雨妹は涙を止められないでいる。雨妹にいくら前世の記憶があっても、それは「寂しさ」を補ってくれるものではなかった。むしろ前世での家族の愛情を覚えているからこそ、なおさら愛情に憧《あこが》れてしまう。

そして親の愛情なんて諦《あきら》めたのだと、大人ぶってみても。やはり心の奥底には、愛情を求めて泣き喚《わめ》く小さな幼い雨妹がいて。今まで「仕方のないことだ」と、そんな自分に言い聞かせてきたのだけれども。

――「雨妹」っていう名前は、ちゃんと願いのこもった名前だったんだ。

ちゃんと愛情は与えられていたのだとわかり、幼い雨妹が「名前」という愛の印を得て、嬉《うれ》しそうに笑っているのがわかる。

雨妹が声を上げずに静かに泣きながら、その場から動くことができずに蹲《うずくま》っている間に、太子は皇帝を伴って去っていく。

「……おい」

回廊が無人となってしばらくして、立彬が声をかけてくる。

「もうちょっとだけ、待ってください」

雨妹はそう断って数回深呼吸をする。

『ありがとう、お父さん』

雨妹は本当は皇帝の背中を追いかけて、そう叫びたい。しかし言葉にすれば、それは必ずどこかしらに漏れるもの。そうなれば雨妹は後宮にいられなくなる。

成人した皇帝の子は、後宮を出るのが決まりだから。

——大丈夫、私はこれで十分だから。

自分は愛されて生まれてきた、それがわかっただけでも幸せ者だ。感動に浸るのはいつでもできるし、今はするべきことをしよう。

「さあ、バレないうちに戻りましょう！」

雨妹は涙の痕《あと》を拭《ふ》いて立ち上がり、笑顔で立彬に告げる。太子には二人がここにいることはもうバレているのだろうが、それでも知らぬフリをするのが大人というもの。それに部屋にはまだ糕《カオ》が残っていたはず。

——泣いたらなんだかお腹《なか》が空《す》いたし、早く戻ろうっと！

空腹が雨妹を夢現《ゆめうつつ》から現実へと引き戻してくれる。そう、雨妹は皇帝へ親子の名乗りを上げたくて、ここに来たわけではない。

あくまで己は、後宮ウォッチャーなのだから。

終章　清明節

色々あったものの、とにかく花の宴は無事に終わった。

花の宴が終われば、清明節である。

百花宮《ひゃっかきゅう》でも清明節は妃嬪たちが代々の皇帝が祀《まつ》られている廟《びょう》へ参り、それぞれの宮で先祖の霊を持て成し、慰めるために、心尽くしの料理を卓に並べるようだ。

宮女や女官たちも、清明節にはほとんどが休みを許され、それぞれの先祖を想《おも》って過ごすことになる。

そんな中で雨妹《ユイメイ》はというと、朝から団子をこねていた。

「ふんふんふ～ん♪」

雨妹は鼻歌を歌いつつ、団子を丸めていく。

毎年清明節の時期、辺境では尼寺の母の墓へ参り、墓掃除をして手作り団子を供えていた。この団子は青団《チントウアン》という、日本でいう草団子である。

青団は本来、国でも南の方だけで作られているものなのだが、寺の尼に南の出身者がおり、彼女が清明節の時期だけはもち米を取り寄せて作っていたのだ。

雨妹もその尼と一緒に毎年青団を作っていたのだが。今年というか、今後は当然あの尼寺には行けない。だから墓参りは無理でも、せめて青団だけでも作って、部屋の中でお供えしようと思ったのだ。

この青団の中身は餡子《あんこ》なのだが、辺境で砂糖なんて手に入るわけもない。なので尼が作る青団は、豆で作られうっすらと水あめの甘さが効いているものの餡子というほどの甘さではないという、かなり微妙なものだった。

寺の外に出た雨妹は、なんとか美味しい青団を作ろうと色々試し、豆を蜂蜜《はちみつ》で炊いて餡子を作ったのだ。もちろん尼用の豆の青団もきちんと改良した。水あめ作りから頑張ることになり、大変苦労したものだ。

もち米粉で作る団子の皮の部分も、日本だと餅《もち》取り粉を使うところを油を使っているため、その加減が難しい。気を付けないと糊《のり》っぽい食感になってしまうのを、なんとか日本の草団子っぽい食感に近付けるべく工夫したのだから。

そんな努力の賜物で進化した青団も、今度は一味違う。

――なんてったって、小豆を貰《もら》ったもんね！

雨妹は美娜《メイナ》からお遣いを頼まれる代わりに、小豆を貰ったのだ。ちなみにお遣いというのは、湿布薬を貰ってくるのと肩もみである。台所番とは、腰痛肩こりとの闘いなのだ。

しかも蜂蜜はたっぷりとある。なにせ立彬《リビン》から貰った物以外に、鈴鈴《リンリン》から春採れの蜂蜜を貰ったのだ。しかも約束通りの大瓶である。

『本当に、雨妹さんは仙女様で決まりです！』

そう興奮して話す鈴鈴が言うには、清明節に合わせて里から蜂蜜を売りに来たのだが、売れ残った蜂蜜を太子宮が全て買ってくれたらしいのだ。荷物が空になるのは初めてだと、里の者が泣いて喜んだという。

――立彬様、約束を守ったんだね。

そしてその里の者に洗髪剤のことを伝えて手紙を渡すと、まるで宝物のように仕舞って帰って行ったとか。確かに里の未来を変える手紙であろうから、宝物に違いない。

それはともかくとして。

おかげで未《いま》だかつてない美味《おい》しい小豆餡が作れるわけで、やる気がみなぎるというもの。この青団はお供えした後、当然雨妹のお腹に納まることになるわけで。今からそれを楽しみに作っているのだった。

丸めた青団は全部蒸籠《せいろ》に綺麗《きれい》に並べており、これを台所横の開放されている竈《かまど》へと持っていく。

「お？　阿妹《アメイ》はなかなか青団作りが上手《うま》いじゃないか」

するとちょうど休憩をしていたらしい美娜が、雨妹の持つ蒸籠を覗《のぞ》いてきて、出来栄えを褒めてくれた。

――お、今のところ美娜さんにも好評価！

今まで青団を分けていた相手は尼たちだけだったので、これが一般受けするのか不安だったが、どうやら大丈夫のようである。

ちなみに今回材料を分けてくれた美娜にも、後で振る舞う約束なのだ。

というわけで早速竈に大鍋《おおなべ》でお湯を沸かし、そこに蒸籠を設置する。近くで待つことしばし、徐々に美味しそうな香りが漂ってくる。

「これはいい出来かも！」

ワクワクしながら時間を計り、そろそろかという頃合いで竈から蒸籠を上げる。

「どれどれ？」

美娜も出来栄えを見ようと寄って来た。

「じゃーん！」

雨妹は自分で効果音をつけながら、蒸籠の蓋《ふた》を開ける。中には、青々とした艶《つや》のある団子が並んでいた。雨妹は試しに一つ、手に取ってみた。

「あち、あちっ！」

慌てて懐から手巾《ハンカチ》を取り出し、それに青団を包んで熱さを緩和する。

青団の皮はもちもちプルプルで、その皮を割ると中身は甘い香りを放つ餡子が詰まっていた。

「まずは味見っと」

――いただきます！

雨妹は熱々の青団をパクリと口へ入れる。ヨモギのほんのりとした苦さと、餡子の甘味がいい感じに混ざり合っている。これは、自分史上最高の青団ができてしまったのではないだろうか？

――母よ、あなたの娘は青団作りを極めつつありますよ！

清明節ということで、雨妹は心の中で顔も知らない亡き母に語り掛ける。

「美娜さんも、ぜひ味見をどうぞ！」

雨妹は美娜にも味見を勧める。

「へぇ、綺麗な艶があっていい出来だ。こりゃあ金をとれるよ」

美娜がそんなことを言いながら、熱さ対策で手巾で青団を一つつまむ。

「ふぅん、あちっ……うん、美味《うま》い」

美娜は頬張るとやはり熱かったようだが、そうお墨付きをくれた。

「そうですか？　へへっ……」

——やったね！

美娜に美味しいと言われれば、もっと自信を持ってもいいのではないだろうか。

そんな自信作青団の、美娜に分けるものを布にとっていると。

「おや？　あれって立彬さんじゃないかい？」

美娜が雨妹の背後を見てそう言った。

「あ、本当だ」

振り返ると、本当に立彬がこちらへ向かって歩いてきていた。ちょうど青団が出来立てホカホカの頃に来るとは、なんと運のいい男だろうか。

——もしや、どこかでタイミングを計っていたりとか⁉

雨妹が立彬にそんな食いしん坊の疑いをかけていると。

「雨妹よ、ここにいたか。あまり探さずに済んでよかった」

立彬が雨妹にそう声をかけてきた。

「なんでしょうか？　私、忙しいんですけど」

これから青団をお供えして、美味しく食べるという一大行事が待っているのだから。雨妹にとって、清明節はこのためにあると言っても過言ではない。

雨妹の言葉に、立彬が蒸籠の中身を見る。

「それは？」

「私が作った青団ですけど」

もしや、自信作の青団に文句を言おうというのではないだろうな？　雨妹が噛《か》みつかんばかりに警戒していると。

「お前の手作りか、お前、料理ができたんだな」

なんだか失礼なことを言われた。確かにここのところはお菓子を美娜などに集《たか》るばかりで、自分で料理をする機会がめっきりなくなったのだけれども。

――だって、ここだとご飯が貰えるんだもの！

前世で言う、大企業の食事つきの寮住まいみたいなものだ。楽でいいのだが、雨妹自身が料理ができないと思われるのは、なんだか気に食わない。

「これでも地元じゃあ、青団作りには定評があったんですからね！」

雨妹がむん、と胸を張ると。

「手作りとは、ちょうどいいかもしれん」

——はい？　なにが？

立彬の話がさっぱりわからないでいると。

「雨妹よ、その青団を持ってついてこい」

「えぇ～……」

いきなり言われた雨妹が「面倒臭い」という顔になるのに、立彬が告げる。

「用事が済めば、茶ぐらい出るぞ」

「立彬さん、この娘《こ》をわかっているねぇ」

美娜が感心した風に呟《つぶや》く。

——お茶ぐらいで釣られるもんか！

そう反射的に考えたものの、太子付きの宦官《かんがん》のやることだ、お茶だけを飲むということはあるまい。

「……お茶菓子、出ますか？」

「ああ、なにかしらつけよう」

——清明節の時期のお菓子って、他になにかあったかな⁉

途端にワクワク顔になった雨妹に、美娜が呆《あき》れ顔《がお》になる。

「阿妹、アンタって娘は色気がないねぇ」

そんなわけで、雨妹が蒸籠から皿に移した青団を持って、立彬の後をついていくのだが。

――なんか、だんだん寂しいところへ連れて行かれるんだけど。

この辺りは雑草がボウボウになっていて、あまり手入れがされていないのがわかる。歩くのも雑草をかき分けるようにしなければならず、一人だと絶対に来ない辺りだ。

「ここに、こんな場所があったんですねぇ」

「この辺りは過去の皇帝陛下の時代に使われていたものの、陛下はその頃よりも人員を減らしているので、結果こうして放置された場所もあるというわけだ」

「なるほど、なるほど」

――父は歴代でも女が少ない方である、と。

皇帝が多くの妻を持つのは、義務というかある種仕事のようなものなので、多い少ないで良し悪《あ》しが変わることはないのだが。少なくとも出費は減るので、そのあたりはいいことだろう。

立淋の説明を聞きながら、雑草を踏みつけつつ進んでいくと。

「あれ？」

雨妹は前方に気になる場所を見つけた。

一部だけぽっかりと雑草が抜かれ、整えられた辺りがあり、そこの真ん中に両手で抱えるくらいの大きさの石があった。

そしてその石の前に、切り花が置かれている。花はまだ萎《しお》れておらず、おそらくここに置かれたばかりなのだろう。

雨妹にも、ここがどんな場所かわかった。

「ここって、お墓ですか？」

そう問いかけると、立彬が頷《うなず》く。

「そうだ、訳あって名を刻めていないがな」

確かに、誰の墓なのかわかるようなものがなにもない。どういうことだろうか、と考える雨妹に、立彬が語る。

「この墓は、とあるお方がある者の死に立ち会えなかったことを嘆き、遠い地から送り届けられた遺髪を、せめて供養したいと造ったのだ」

雨妹は立彬のこの話を聞きながら、じっとその墓石を見つめる。

ここは後宮である百花宮、皇帝のためにある場所。そこにこっそりといえども、墓を造れる人物なんて、持ち主である皇帝しかいない。

――もしかしてここって、母さんのためのお墓だったりとか？

死に立ち会えなかった皇帝、遠い地という言葉が、雨妹の母を想わせた。

けれど雨妹はすぐにその思い至った可能性を、頭を振って打ち消そうとする。

あの寺の尼たちが母の遺髪を都に送ったなんて聞いていないし、ここ後宮で死んだ女が何人いるというのか。ひょっとしたら皇帝以外の誰かが、バレないだろうと思ってひっそり建てたのかもしれないのだし。

そう強く思おうとしても、心の奥底から「もしかして」が消えてくれない。そして立彬が、どうしてここへわざわざ雨妹を連れて来たのか、その理由として連想されることも。

雨妹の中で、いくつもの「もしかして」が渦巻くこと、しばし。

「まあ、いっか」

雨妹は肩の力を抜いてそう漏らした。

ここが誰のお墓でも、誰かが誰かを想って残したもの。だとしたら今雨妹がするべきことは、この地に眠るその「想い」が穏やかなものであるように、祈るだけだ。

「お墓ってことなら、確かに青団はちょうどいいですね」

雨妹は懐から布を一枚出すとそれを墓石の前に敷き、上に皿から青団をいくつか取って置く。

――自信作ですから、美味しく食べてくださいね！

そして目を閉じ、そう心の中で墓の主に語り掛ける。やがて目を開けて後ろを振り向くと、立彬も立ったまま黙して祈っていた。

「立彬様、私にここのお墓参りをさせたかったのですか？」

雨妹の問いかけに、立彬は一瞬の間を置いて答える。

「……そうだ。この墓の存在を知る者は少ない。誰も来ないのでは寂しかろうと思ってな。その点お前は一人で賑々《にぎにぎ》しいので、うってつけだろう」

賑々しいとは何事か、元気に溢《あふ》れていると言ってほしいものだ。

「では用事は以上だ。約束の茶を飲みに行くか。それに茶の友には菓子ではないが、確か太子宮で水餃《シュイジャオ》を作っていたか」

「水餃！　素敵、大好きです！」

水餃とは水餃子《すいぎょうざ》のことだが、これは日本よりも中国のものに近かったりする。一番の特徴は、中の餡《あん》だろう。

日本は肉や野菜を数種類と、複数の材料で作るのだが、こちらの餃子は例えば人参《にんじん》餡や大根餡など、単体の材料で作る。それに栗《くり》などの甘い餡もあるので、まるでくじ引きみたいな気持ちになるのだ。

――甘い餃子も、あれはあれで美味しかったんだよねぇ。

雨妹の心が前世で食べた水餃に飛びかけていた時。

「あ、青団片付けなきゃ」

はっ、とそのことに気付く。食べ物を放置するのはよくない。というか、雨妹が食べるつもりで作ったものなのだから。回収しようとする雨妹を、しかし立彬が止めた。

「よい、そのままで。猫が食べるだろうさ」

「えぇ～？　猫に私の手作り青団の美味しさがわかりますかね？」

猫には過ぎたものだと思うが、この墓の主にもうちょっと味わってほしいという気持ちもあり、そのまま置いて行くことにした。

「太子宮でも青団は作ってあるぞ、食べ比べでもするか？」

「わぁ、ぜひしたいです！」

そんな話をしながら、雨妹たちが去った後。

墓の前に、そっと姿を現した影があった。

「……手作りか」

そう呟いたその影は、置かれている青団を布ごと大事そうに持ち上げ、包んで懐にしまうと、静かに去って行った。

それは、雨妹が知る由もない出来事である。


けれど、立彬がお茶を飲むとなると――

「やっぱりココだよねぇ」

雨妹は立彬の後をついて歩きつつ、つい昨日に来たばかりの太子宮を眺めた。なんだかこの宮も見慣れてしまった気がする。

「あの私、お茶ならそこいらの庭の片隅でいいんですが」

「そうはいくか、まず明賢《メイシエン》様に帰還を知らせねばならないだろう」

立彬はそう言って太子宮の奥へと行くが。

――いや、挨拶《あいさつ》するのは立彬様だけでいいし。

それに雨妹が同行する必要はあるだろうか？　一介の下っ端宮女が、ちょっと太子に会い過ぎだろう。そうは思っても、太子宮に一人放り出されるのも不安なので、立彬についていくしかないのだが。

こうして連れて行かれたのは、回廊に囲まれた中庭だった。そこで太子が秀玲《シオウリン》を伴ってお茶をしていた。

「やあ、お帰り立彬。そして雨妹もよく来たね」

太子がニコリと笑って、雨妹に「おいでおいで」と言わんばかりに手招きする。これで立彬の挨拶を遠くで眺めていることができなくなり、あそこまで近寄らざるを得なくなった。

――二日連続で太子の御尊顔を拝するとか。

こうも太子に縁があると、雨妹のひっそりと後宮ウォッチングするという目的はどうなっているのか。「ひっそり」の部分が大いに怪しいのだが。

ともあれ、雨妹とてこんな些細《ささい》なことで不敬罪を問われたくないので、渋々ながら近付く。その様子を見て、太子が苦笑する。

「そんな顔をしないでおくれ、雨妹。立彬とお茶の約束をしたのだろう？　だからこうして準備していたんだよ」

――いや、お茶をするのに太子が一緒とか、聞いていないし。

それに何故《なぜ》そのことを知っているのか？　どこかで雨妹たちのやり取りを見ていたとしか思えない。もしくは、雨妹が食い気に負けることを読んでいたとか。どちらにしても、雨妹のやることは太子に筒抜けな気がする。

けれど、この場に江貴妃《ジャン》などの妃嬪たちがいないのは、太子なりの配慮だろう。

「さあ雨妹、座りなよ。今回はお茶請けとして、料理長が水餃を作ってくれたんだよ」

そう言って太子が手で指し示したのは、器になみなみと盛られた水餃だ。

「水餃！」

辺境で小麦粉が高価だった雨妹にとって、それは憧《あこが》れの料理の一つだった。

しかも太子宮の水餃は皮に様々な色がついていて、器の中がとても華やかだ。

――素敵、最高！

雨妹は目を輝かせる。

「わかりやすい奴《やつ》め」

立彬がなにか呟《つぶや》いているが、なんとでも言うがいい。色とりどりで具が様々な水餃は、まるでくじ引きみたいで楽しい。

雨妹の心が水餃に夢中になっていた時。

「ねえ雨妹、その手に持っているものはなんだい？」

太子が雨妹の持つ、布に包まれた青団の皿の存在に気付き、興味を示してくる。

「あ、これは……」

雨妹は青団を見せて説明しようとしたが、すぐに迷う。果たして太子に、下っ端宮女が作った青団など、見せていいのだろうか？　いくらいい出来とはいえ、無礼に当たるのではと思っていると。

「それを貸せ」

「あ！」

なんと、立彬が雨妹の手から皿を取り上げてしまい、卓の上に置く。

「これは、この娘の手作り青団だそうですよ」

この立彬の説明に、太子がクワッと目を見開く。

「手作り⁉　雨妹がかい⁉」

そして恐々とした様子で布越しの皿を眺める。

――そんな。目が飛び出るみたいに驚かなくったっていいじゃないのさ。

それほどに、雨妹が料理をするというのは意外なのだろうか？　地味に傷付くのだが。

それにお墓の前に放置してきたので、今頃どこかの野良猫が美味しく食べているはず。だからそんな「ちゃんと食べられるものなのか」と言わんばかりの態度には、ムッと頬を膨らませる。

「この青団は、ウチの台所番にも『いい出来だ』って褒めてもらったんですっ！」

悔しいので美娜の評価を言っておくと、太子は椅子に座り直してすまし顔になる。

「へぇ、それは美味しそうだね」

太子がこう言ってくるものの、雨妹はさっきまでのあの態度は、決して忘れない。白けた顔で太子を見ていると。

「青団なら、この宮でも作ってあるんだよ。ほらこれ、雨妹も食べ比べてみるかい？」

普段よりも二割り増しな笑顔で、卓に元からあった青団の盛られた皿を勧めてくる。

――むっ、ちょっと興味があるかも。

雨妹はむくれ顔だったのを直す。

なにせ前世では中国旅行をした際、色々な青団を食べた。けれど今世で雨妹として知っている青団は、尼の作った味気ないものだけだったりするのだ。

できれば自分が作った以外の、美味しい青団を味わいたい。そのための交換条件と考えれば、怒りを納めて雨妹特製青団を太子に見せてもいい気がしてきた。

雨妹は「ゴホン」と咳《せき》ばらいをして、皿を包む布に手をかける。

「それでは、お目汚しとなるかもしれませんが。こちらをどうぞ」

そう言って布を外すと、一瞬構えた太子が、やがてホッとした表情になる。

「おや、綺麗《きれい》にできているじゃないか」

褒め言葉を述べた太子に、雨妹は「えっへん」と胸を反らす。

「私、青団作りが得意なんです」

そう、決してただの食いしん坊ではないのだ。だから立彬はなにか言いたげな目でこちらを見ないでほしい。

このやり取りを黙って見ていた秀玲が、やがてクスクスと笑い出した。

「まあまあ、凄《すご》いわね雨妹。こちらに座って、宮の料理長の作った青団も、ぜひ食べてみなさいな」

そして秀玲が空いた席を指し示し、そこに青団を取り分けた皿とお茶の注《つ》がれた椀《わん》を置いてくれる。こうまでされたら、座らないのはむしろ失礼だろう。雨妹は素直にその席に座ると。

「ではありがたく、いただきます！」

皿から青団を一つ取り、パクリと頬張ってから、中身の小豆餡の風味と違う味わいに驚く。

――この餡子ってば、小豆じゃない⁉

雨妹はお行儀が悪いかと思いながらも、青団をもう一つ手に取って割ってみた。すると中は白餡で、しかもこの国で食べられている餡子よりも滑らかで。

そう、これはパサパサ系ではなく、あんまんやおはぎ系のしっとり餡子に近いのだ。

――なんてことなの……⁉

実は雨妹は、前世ではすでに餡子になっているものが売られていたので、自分で豆から炊いたことがなかった。故に柔らかしっとり餡子の作り方を知らないのだ。それに辺境での餡子作りは何度も挑戦できるものではなく、あの柔らかしっとり餡子は夢の産物となっていたのだが。

そんな雨妹が挫折《ざせつ》をしたその餡子を、再現してみせた人がここにいようとは。この餡子があれば、包子《パオズ》に入れて豆沙包《ドーサーバウ》ではない、日本式のあんまんができるではないか。

ガタッと椅子を蹴立《けた》てて立ち上がり、太子に告げた。

「私、この餡子の作り方が知りたいですっ‼」

真剣な表情の雨妹に、太子はきょとんとした後、「ははっ！」と大きく笑った。

「雨妹、実に君らしいことだね。花の宴で色々あったし、今日のことでも少々心配していたのだけど、杞憂《きゆう》だったようだ」

そう述べる太子に、雨妹は首を捻《ひね》る。

――心配？　太子殿下が、私のなにを？

花の宴では大偉皇子のことは気味が悪かったが、今日のこと云々《うんぬん》というのはなんだろうか？　青団を野良猫にとられるのが口惜《くや》しいことくらいしか、心配される心当たりがない。

しかし今の口ぶりだと、このお茶会は立彬が誘ったからではなく、元々計画されていたのか。雨妹が誘い出されることを前提として。

——ああ、あのお墓のことで心配していたのかも。

もしあれが母のための墓であったとしたら、そのことで雨妹がなんらかの心労を抱えると思ったのか。だが生憎《あいにく》と、雨妹はそんな繊細な神経の持ち主ではなかったが。せっかくの太子の心配りを、なんだか台無しにしてしまった気がする。

微妙な顔の雨妹に、太子は笑顔のまま言う。

「その青団は、料理長が工夫したって言っていたし、自信作らしいから。その反応を聞けばきっと喜ぶよ」

そう語り、楽しげな太子の一方、立彬は呆《あき》れた様子である。

「確かに、変わった食感だと思うが。それほどまでのことか？」

雨妹の態度が大げさだと言いたいらしい。

だがそれは、立彬が日本式の餡子の美味しさを知らずに育ったから、そう無感動でいられるのだ。あの味、あの食感を求め続けて十六年、ここに答えがあるというのに、興奮せずにいられようか。

——美娜さんに教えて、あんまんを作ってもらうんだ！

そしてあんまんがいつでも食べられるような存在になったら、素晴らしいことである。雨妹がその時を今から夢見ていると。

「では雨妹、こちらの水餃も食べてみなさい。一番気に入った具のものを教えておくれ」

続いて太子から、いよいよ水餃を勧められる。水餃は器の下に温めた石が仕込んであるようで、冷めておらず温かいままな上、目に鮮やかで食欲を誘う。

「うわぁ、うわぁ！」

水餃という贅沢《ぜいたく》なお茶請けに、頬が上気するのがわかる。

——どれから食べようかなぁ？

そう吟味している間に、太子が雨妹の青団に手を伸ばしていた。

「うん、美味しい。これは鈴鈴《リンリン》の里の蜂蜜《はちみつ》かい？　風味がいいね」

改めて太子が褒めてくれた。そう、鈴鈴の里の蜂蜜は本当に質がよくて、香りがいいわりに味の邪魔をしないという優れものなのだ。

褒められたらやはり嬉《うれ》しい雨妹は、ルンルン気分で水餃を選ぶ。そして桃色の水餃を掬《すく》い取り、フーフーと息を吹きかけてから口に入れる。

——あ！　杏《あんず》が入ってた！

一発目から甘い具を引き当て、自然と幸せの笑みが浮かぶ。そんなニコニコ顔の雨妹を見て、太子と立彬、秀玲が顔を見合わせ、小さく笑っている。軽い幸せだと思ったのかもしれないが、幸せはお手軽な方がいいではないか。高望みの幸せは、しんどい思いをするだけだ。

甘酸っぱい杏味の水餃は、癖になりそうな味で。

「んー、幸せ♪」

そう呟くのは清明節の、昼下がりの出来事だった。

Ｆｉｎ

あとがき

この本をお手にとってくださった皆様、本当にありがとうございます！　おかげさまで、こうして二巻を刊行できることになって、感無量です！

しかしそれにしてもですね。今年がこんな風にコロナ禍に見舞われているなんて、去年の自分に想像もできませんでしたよ。去年の夏が猛暑&台風のダブルパンチで大変なことになっていたのが、もっと昔のことのようですね……。

本当に、人生はなにが起きるかわからないものです。

けど、それでしょげていても、災禍はやってくるもので。だったら、楽しく過ごす方が得ってなもんです！

そして、この作品が楽しい気分になるお手伝いになったとしたら、作者としても嬉しいです。

そんな昨今、私がどう過ごしているかというと。

書きたいものがあれやこれやと浮かぶのが、作家というイキモノでしょうが。その全てを文字に起こすことは不可能でも、少しでも書きたい！

というわけで、最近は時間術の本にハマっています。色んな人の時間術を読みましたし、新聞広告で見たら即チェックの勢いです。

　面白いんですよね。それぞれの著者は結果同じようなことを言っているんですけど、表現に個性があるっていうか。たぶん、言い方の違いで響くターゲットが違ってくるんだろうな、とか思ったり。ビジネスマンに響く人と、学生とか、主婦層に響く人と、それぞれに需要があるみたいで。「へぇ〜」ってなります。

　あと、メモ術についての本とかも読んでます。そう、某ベストセラー本に触発されまして……（笑）。

　こんなことを言うと、自己啓発に励んでいるように見えますが、そんな高尚なことではなく。純粋に「自分って時間の使い方が下手じゃね？」と思ったのと、メモ術は単に作者さんのファンになったというだけの話でして。でも、とってもためになりまして。今までメモらない人だった自分が、メモ帳と手帳を買いましたから！　ファン心理ってすごいよね！

　これらのおかげで一日がなんとなく過ぎる、という現象が起きなくなりました。むしろ、今までどんだけボーッとしていたんだ、と過去の自分に説教したくなります。

　それらの影響もあったというか。今自分の執筆はもっぱら手書きでして。学生が使うような方眼ノートに書き殴っています。パソコンではそれを清書するだけ。以前はパソコンでパコパコ書いていたんですけど、こんなにペンを握るなんて学生時代以来ですよ。

　売れっ子作家の人がたまに「原稿用紙に手書きです」って言っているのを見たんですが、その時は「へー、変わってるぅ」としか思わなかったのに。やってみると、「なんでもっと早くやらなかったんだ⁉」ってなりました。パソコン入力と手書きって、頭の使い方が根本的に違うっていうか、これはやってみないとわからない感覚かも。

そしていつか、高級な原稿用紙に小説を書いてみたいものですな！

さて、自分の近況はこれくらいにして、宣伝もしとかなきゃ！　っていうか、むしろこっちを先に言うべきでしたね！

現在FLOS　COMICにて、shoyu様によるコミカライズが連載中です！

ぜひ、漫画でも元気で食いしん坊な雨妹《ユイメイ》をお楽しみください！

それでは、今後の皆様のご健勝とご多幸をお祈りして。

黒辺あゆみ

カドカワBOOKS

百《ひゃっ》花《か》宮《きゅう》のお掃《そう》除《じ》係《がかり》 2
転生《てんせい》した新米宮女《しんまいきゅうじょ》、後宮《こうきゅう》のお悩《なや》み解決《かいけつ》します。

2020年 8 月10日　初版発行
2021年 9 月15日　 6 版発行

著者／黒辺《くろべ》あゆみ

発行者／青柳昌行

発行／株式会社KADOKAWA

〒102-8177
東京都千代田区富士見2-13-3
電話／0570-002-301（ナビダイヤル）

編集／カドカワBOOKS編集部

印刷所／暁印刷

製本所／本間製本

●お問い合わせ
https://www.kadokawa.co.jp/ （「お問い合わせ」へお進みください）
※内容によっては、お答えできない場合があります。
※サポートは日本国内のみとさせていただきます。
※Japanese text only

Printed in Japan
ISBN 978-4-04-073756-0 C0093

新文芸宣言

かつて「知」と「美」は特権階級の所有物でした。

15世紀、グーテンベルクが発明した活版印刷技術は、特権階級から「知」と「美」を解放し、ルネサンスや宗教改革を導きました。市民革命や産業革命も、大衆に「知」と「美」が広まらなければ起こりえませんでした。人間は、本を読むことにより、自由と平等を獲得していったのです。

21世紀、インターネット技術により、第二の「知」と「美」の解放が起こりました。一部の選ばれた才能を持つ者だけが文章や絵、映像を発表できる時代は終わり、誰もがネット上で自己表現を出来る時代がやってきました。

UGC（ユーザージェネレイテッドコンテンツ）の波は、今世界を席巻しています。UGCから生まれた小説は、一般大衆からの批評を取り込みながら内容を充実させて行きます。受け手と送り手の情報の交換によって、UGCは量的な評価を獲得し、爆発的にその数を増やしているのです。

こうしたUGCから生まれた小説群を、私たちは「新文芸」と名付けました。

新文芸は、インターネットによる新しい「知」と「美」の形です。

2015年10月10日
井上伸一郎

百花宮の
お掃除係
新米宮女、後宮のトラブルも呪いも人間関係も
医療チートで全部解決しちゃいます!!
コミックス
2巻
発売中!
FLOS COMICにて
好評配信中!
shoyu
原作:黒辺あゆみ
キャラクター原案:しのとうこ
Comic Walker内
フロースコミック
公式サイトはこちら